【周国平 作品】

周国平
致青春
-系列-
写给男孩子
困惑是我的诚实，
寻找是我的勇敢
周国平 著
中国青年出版社

| 目 录 | CONTENTS

— 01 —

每个人身上都藏着人性的秘密

- 02 -

你就是
你所找寻的东西

- 03 -

从工作中感受到生命的意义

— 04 — 与身外遭遇保持距离

– 05 –

相爱的人，要亲密有间

- 06 - 不做梦的人必定平庸

— 01 —

每个人身上都藏着人性的秘密

走在自己的路上

1

面前纵横交错的路，每一条都通往不同的地点。那心中只有一个物质目标而没有幻想的人，一心一意走在其中的一条上，其余的路对于他等于不存在。那心中有幻想而没有任何目标的人，漫无头绪地尝试着不同的路线，结果只是在原地转圈子。那心中既有幻想又有精神目标的人，他走在一切可能的方向上，同时始终是走在他自己的路上。

2

一个人年轻时，外在因素——包括所遇到的人、事情和机会——对他的生活信念和生活道路会发生较大的影响。但是，在达到一定年龄以后，外在因素的影响就会大大减弱。那时候，如果他已经形成自己的生活信念，外在因素就很难再使之改变，如果仍未形成，外在因素也就很难再使之形成了。

3

孔子说："三十而立。"我对此话的理解是：一个人在进入中年的时候，应该确立起生活的基本信念了。所谓生活信念，第一是做人的原则，第二是做事的方向。也就是说，应该知道自己在这个世界上要做怎样的人，想做怎样的事了。

当然，"三十"不是一个硬指标，孔子毕竟是圣人，一般人也许晚一些。但是，"立"与不"立"是硬道理，无人能够回避。一个人有了"立"，才真正成了自己人生的主人。那些永远不"立"之人诚然也在生活，不过，对于他们的生活，可用一个现成的词形容，叫作"混"。这样的人不该再学孔子的口气说"三十而立"，最好改说"三十而混"。

4

我走在自己的路上了。成功与失败、幸福与苦难都已经降为非常次要的东西。最重要的东西是这条路本身。

5

他们一窝蜂挤在那条路上，互相竞争、推搡、阻挡、践踏。前面有什么？不知道。既然大家都朝前赶，肯定错不了。

你悠然独行，不慌不忙，因为你走在自己的路上，它仅仅属于你，没有人同你争。

6

我不是一个很自信的人，但我的自信恰好达到这个程度，使我能够不必在乎外来的封赐和奖赏。

7

我曾经也有过被虚荣迷惑的年龄，因为那时候我还没有看清事物的本质，尤其还没有看清我自己的本质。我感到现在我已经站在一个最合宜的位置上，它完全属于我，所有追逐者的脚步不会从这里经过。我不知道我是哪一天来到这个地方的，但一定很久了，因为我对它已经如此熟悉。

自我之谜

1

自我与世界的关系是一个最重要的哲学问题。一切哲学的努力，都是在寻求自我与世界的某种统一。这种努力大致朝着两个方向。其一是追问认识的根据，目的是要在作为主体的自我与作为客体的世界之间寻找一条合法的通道。其二是追问人生的根据，目的是要在作为短暂生命体的自我与作为永恒存在的世界之间寻找一种内在的联系。

2

我不知道，我的本质究竟是那独一无二的“自我”，还是那无所不包的“大全”。我只知道，对于我来说，无论是用“大全”否定“自我”，还是用“自我”否定“大全”，结局都是虚无。

3

哲学所提出的任务都是不可能完成的，包括这一个任务：“认识你自己！”

无人能知道他的真正的“自我”究竟是什么。关于我的“自我”，我唯一确凿知道的它的独特之处仅是，如果我死了，无论世上还有什么人活着，它都将不复存在。

4

关于“自我”，我们可以听到非常不同的谈论。一些人说，“自我”是每个人身上最真实的东西，另一些人说，“自我”只是一种幻觉，还有一些人说，“自我”是一种有待于塑造的东西。按照“成为自我”“实现自我”的说法，“自我”好像是极有价值的东西。按照“克服自我”“超越自我”的说法，“自我”又好像很没有价值。这些相左的谈论往往还会出自同一个哲学家之口。原因可能有二：“自我”本身的确包含着悖论；用“自我”这个词谈论着不同的东西。

5

活在世上，这似乎是一件最平常的事，凡活着的人都对它习以为常了。可是，它其实不是一件最可惊的事吗？为什么世界上有一个我，而不是没有我？每当这个问题在我心中浮现的时候，我就好像要从世界之梦中醒来一样。不过，我从来没有真正醒来。也许，梦醒之日，我才能知道答案，但同时也就没有我了。

6

一位朋友说："我觉得我总是处在两面镜子之间，那是我的两个自我。它们互相对映，无论朝哪一面看，镜像都是无限的，使我非常累。我常常问我的另一个自我：你究竟要我干什么？"

只有一面镜子的人是安宁的。两面镜子互不相干的人也是安宁的。而他，他自己便是自己的迷宫。

困惑与觉悟

1

我不相信一切所谓人生导师。在这个没有上帝的世界上，谁敢说自己已经贯通一切歧路和绝境，因而不再困惑，也不再需要寻找了？

至于我，我将永远困惑，也永远寻找。困惑是我的诚实，寻找是我的勇敢。

2

他们到了四十岁，于是学着孔夫子的口吻谈论起“不惑”之年来。可是，他们连惑也不曾有过，又如何能不惑呢？

3

人生是一场无结果的试验。因为无结果，所以怎样试验都无妨。也因为无结果，所以怎样试验都不踏实。

4

人生没有一个终极背景，这一点既决定了人生的荒谬性，又决定了人的自由。犹如做梦，在梦中一切都是荒谬的，一切又都可以随心所欲。当然，只有知道自己是在做梦的人才能够随心所欲。但在梦中知道自己是在做梦的人太少了。所以，一般人既不感到人生是荒谬的，也不知道自己是自由的。就后者来说，他们是不幸的。就前者来说，他们又是幸运的。

5

有人说，人生到处是陷阱，从一个陷阱跳出来，又掉入了另一个陷阱里。

可是，尽管如此，你还是想跳，哪怕明知道另一个更深的陷阱在等着你。最不能忍受的是永远待在同一个陷阱里。也许，自由就寓于跳的过程中。

6

敏感与迟钝殊途同归。前者对人生看得太透，后者对人生看得太浅，两者得出相同的结论：人生没有意思。

要活得有意思，应该在敏感与迟钝之间。

7

在这个世界上，一个人重感情就难免会软弱，求完美就难免有遗憾。也许，宽容自己这一点软弱，我们就能坚持；接受人生这一点遗憾，我们就能平静。

8

最凄凉的不是失败者的哀鸣，而是成功者的悲叹。在失败者心目中，人间尚有值得追求的东西：成功。但获得成功仍然悲观的人，他的一切幻想都破灭了，他已经无可追求。失败者仅仅悲叹自己的身世；成功者若悲叹，必是悲叹整个人生。

9

在无穷岁月中，王朝更替只是过眼烟云，千秋功业只是断碑残铭。此种认识，既可开阔胸怀，造就豪杰，也可消沉意志，培育弱者。看破红尘的后果是因人而异的。

10

执着是惑，悲观何尝不是惑？因为看破红尘而绝望、厌世乃至轻生，骨子里还是太执着，看不破，把红尘看得太重。这就好像一个热恋者急忙逃离不爱他的心上人一样。真正的悟者则能够从看破红尘获得一种眼光和睿智，使他身在红尘也不被红尘所惑，入世仍保持着超脱的心境。假定他是那个热恋者，那么现在他已经从热恋中解脱出来，对于不爱他的心上人既非苦苦纠缠，亦非远远躲避，而是可以平静地和她见面了。

11

凡活着的人，谁也摆脱不了人生这个大梦。即使看破人生，皈依佛门，那灭绝苦乐的涅槃境界仍是一个梦。不过，能够明白这一点，不以觉者自居，也就算得上是觉者了。

男子汉形象

做什么样的男人？

我从来不考虑这种问题。我心目中从来没有一个指导和规范我的所谓男子汉形象。我只做我自己。我爱写作，我只考虑怎样好好写我想写的作品。我爱女人，我只考虑怎样好好爱那一个与我共命运的好女人。这便是我作为男人所考虑的全部问题。

据说每个时代都有一种具有时代特色的男子汉形象。在我看来，如果这不是平庸记者和无聊文人的杜撰，那也只是女中学生的幼稚想象。事实上，好男人是可以有非常不同的个性和形象的。如果一定要我提出一个标准，那我只能说，他们的共同特点是对人生、包括对爱情有一种根本的严肃性。不过这与时代无关。

人在社会上生活，不免要担任各种角色。但是，倘若角色过于强烈，我敢断言一定是出了问题。一个人把他所担任的角色看得比他的本来面目更重要，无论如何暴露了一种内在的空虚。我不喜欢和一切角色意识太强烈的人打交道，例如名人意识强烈的名流、权位意识强烈的学者、长官意识强烈的上司等等。那会使我感到太累。我不相信，他们自己不累，因为这类人往往也摆脱不掉别的角色感。在儿女面前会端起父亲的架子，在自己的上司面前要表现下属的谦恭，就像永不卸妆的演员一样。

人只扮演着一定的社会角色也许是迫不得已的事，依我的性情，能卸妆时且卸妆，要尽可能地自然地生活。两性关系原是人的最自然的生活领域，如果在这个领域里，男人和女人仍以强烈的角色意识相对质相要求，人生就真是累到家了。假如我是女人，反正我是不会喜欢和刻意营造男子汉形象的男人一起生活的。

今天有一个怪现象：男人们忽然纷纷作沉重状，作委屈状，作顾影自怜状向女人和社会恳求更多的关爱了。之所以出现这种现象，是因为他们感觉到了当今社会严酷的生存压力和挑战。然而，在事实上，这种压力是男女两性共同面临的挑战，并非只施用于男人头上。我认为今天的社会在总体上不存在男性压迫女性或女性压迫男性的情况，已经基本上实现了两性之间的社会平等。在此前提下，性别冲突是一个必须个案分析和亟待解决的问题。在每一对配偶中，究竟是男人还是女人承受了更大的压力，不可一概而论。

我怀疑无论是那些愤怒声讨男性压迫的女权主义者，还是那些沉痛呼喊男性解放的男权主义者，都是在同一架风车作战。这架风车的名字叫作：男子汉形象。按照某种仿佛公认的模式，它基本上是两性对比中的强者形象。这个模式令一些好强而争胜的女人愤愤不平，又令一些好强而不甘示弱的男人力不从心。那么，何不抛开这个模式，男人和女人携起手来，肩并肩共同应付艰难生活的挑战呢?

关于好男人

怎样的男人是好男人？对于这个问题，男人很难说出什么，说出来也是不算数的。因为这个问题实际上是问：在女人眼里，怎样的男人是理想的情侣或理想的丈夫？男人好不好，当然得让女人来说，女人说了才算数。一个男人即使名垂青史，可是，如果他不令女人满意，你就只能说他是一个伟人，不能说他是一个好男人。也就是说，评论一个男人是不是好男人，被评论的是他的性别角色，而非他的别种社会角色，评判权只能属于另一个性别。

所以，当男人面对这个问题时，他就只能凭借经验或想象来揣摩女人的想法，努力用女人的眼光来审视自己的性别。在他这样做时，他当然不可避免地会带入自己的偏见。譬如说，如果他自许甚高，却在情场不得志，在婚姻中不如意，他就会批判和试图纠正女人的眼光，劝说女人接受自己的形象。不过，在这种情形下，前提仍是承认女性眼光的权威性。离开女性眼光而评说男人的好坏，乃是毫无意义的。

因此之故，一个男人谈论什么是好男人，他实际上是在谈论自己对女人的理解，在谈论女人需要或应该需要什么，女人怎样才幸福等等。但是，在这方面，女人何尝是一律的？相同的东西当然是有的。例如，一般而言，女人都渴望爱情的满足，所以，好男人应该是那种感情深沉而又细腻、爱得热烈而又专一的男人；女人希望生活得轻松而富有情趣，所以，好男人应该有力、丰富、宽容、幽默。然而，这一切不过是老生常谈。我觉得，男人评论好女人或者女人评论好男人都是正常的，那是在表达自己对于异性的经验、态度和期望，男人评论好男人却是奇怪的，其内容如果不是对女性心理的揣摩，就只能是变相的自我表白。

可是，既然广州的《希望》杂志把这个问题提到了我的面前，那么，我好像应该不避空话和自白之嫌，来做一个回答。对于男人来说，现代社会是一个既充满压力又充满诱惑的社会。我们确实看到，有一些男人承受不了压力，萎靡不振了，还有一些男人经受不住诱惑，腐化堕落了。与这两类男人一起生活，女人都不会幸福。比较起来，女人容易本能地躲开前一类男人，却难以摆脱与后一类男人的纠缠。

在现实生活中，所谓成功的男人并不稀少，难觅的是在成功之后仍不变坏的男人。多少男人在成了富翁或名流以后，因为女人的容易到手，便不再需要也不再相信任何专一的感情，丧失了对任何一个女人的责任感。所以，如果一个男人在成功之后仍不变坏，依然保持着感情上的认真和两性关系中的责任感，我觉得与他密切相关的女子就可以承认他是一个好男人了。

本质的男人

我不善谈男人，正因为我是男人。男人的兴趣和观察总是放在女人身上的。男人不由自主地把女人当作一个性别来评价，他从某个女人那里吃了甜头或苦头，就会迅速上升到抽象的层面，说女性多么可爱或多么可恶。相反，如果他欣赏或者痛恨某个男人，他往往能够个别地对待，一般不会因此对男性这一性别下论断。

男人谈男人还有一种尴尬。如果他赞美男人，当然有自诩之嫌。如果他攻击男人呢，嫌疑就更大了，难道他不会是通过攻击除他之外的一切男人来抬高自己，并且向女人献媚邀宠吗？

所以，我知道自己是在做一件吃力不讨好的事情。为了对付这个难题，我不得不耍一点儿苏格拉底式的小手腕，间接地来接近目标。

男人是什么，或者应该是什么？如果直接问这个问题，也许不易回答。可是，我常常听见人们这样议论他们看不起的男人："某某真不像一个男人！"可见人们对于男人应该怎样是有一个概念的，而问题的答案也就在其中了。什么样的男人会遭人如此小瞧呢？一般有这样一些特点，例如窝囊、怯懦、琐碎。一个窝囊的男人，活在世上一事无成；一个怯懦的男人，面对危难惊慌失措；一个琐碎的男人，眼中尽是鸡毛蒜皮，在所有这些情况下，无论男人女人见了都会觉得他真不像一个男人。

现在答案清楚了。看来，男人应该不窝囊，有奋斗的精神和自立的能力；不怯懦，有坚强的意志和临危不惧的勇气；不琐碎，有开阔的胸怀和眼光。进取，坚毅，大度，这才像一个男人。无论男人女人都会同意这个结论。女人愿意嫁这样的男人，因为这样的男人能够承担责任，靠得住，让她心里踏实。男人愿意和这样的男人来往，因为和这样的男人打交道比较痛快，不婆婆妈妈。

我是否同意这个结论呢？当然同意。我也认为，男人身上应该有一种力量，这种力量使他能够承受人生的

说与听

自己对自己说话的需要。
谁在说？谁在听？
有时候是灵魂在说，上帝在听。
有时候是上帝在说，灵魂在听。
自己对自己说话，
这是灵魂与上帝之间的交流，
在此场合之外，
既没有灵魂，也没有上帝。

压力和挑战，坚定地站立在世界上属于他的那个位置上。人生的本质决非享乐，而是苦难，是要在无情宇宙的一个小小角落里奏响生命的凯歌。就此而言，男人身上的这种力量正是人生的本质所要求于男人的。因此，我把这种力量看作与人生的本质相对应的男人的本质，而把拥有这种力量的男人称作本质的男人。当我们接触这样的男人时，我们确实会感到接触到了某种本质的东西，不虚不假，实实在在。

女人当然也可以是很有力量的，但是，相对而言，我们并不要求女人一定如此。不妨说，女人更加具有现象的特征，她善于给人生营造一种美丽、轻松、快乐的外表。我不认为这样说是对女人的贬低，如果人生的本质直露无遗，而不是展现为丰富多彩的现象，人生未免太可怕也太单调了。

最后我要补充一点：看一个男人是否有力量，不能只看外在的表现。真正的力量是不张扬的，有与世无争的进取，内在的坚毅，质朴无华的大度。同样，也有外强中干的成功人士，色厉内荏的呼风唤雨之辈，锱铢必较的慈善家。不过，鉴别并非难事，只要不被虚荣蒙蔽眼睛，很少有女人会上那种虚张声势的男人的当。

价值观

1

价值观的力量不可小看。说到底，人在世上活的就是一个价值观。对于个人来说，价值观决定了人生的境界。对于国家来说，价值观决定了文明的程度。人与人之间，国与国之间，利益的冲突只导致暂时的争斗，价值观的相悖才造成长久的鸿沟。

所以，在价值观的问题上，一个人必须认真思考，自己做主。

真正可惊异的是，我们时代的价值观竟然变得如此单一，大家说着做着的都是一个字：钱！钱！钱！

2

哲学就是价值观。柏拉图哲学的核心范畴是“善”（“好”），他笔下的苏格拉底总是在讨论一个问题：什么是好的生活？

按照我的理解，“好”有两个层次：一是快乐，即幸福；二是正当，即道德。二者构成了价值观的两大主题。在中国哲学中，道家侧重讨论前者，儒家侧重讨论后者。

我的价值思考的出发点是：生命和精神是人身上最宝贵的东西，幸福和道德都要据此衡量。我得出的结论是：幸福在于生命的单纯和精神的丰富，道德在于生命的善良和精神的高贵。

3

一个人拥有自己明确的、坚定的价值观，这是一个基本要求。当然，这需要阅历和思考，并且始终是一个动态的过程。然而，你终究会发现，价值观完全不是抽象的东西，当你从自己所追求和珍惜的价值中获得巨大的幸福感之时，你就知道你是对的，因而不会觉得坚持是难事。

4

老天给了每个人一条命，一颗心，把命照看好，把心安顿好，人生即是圆满。

把命照看好，就是要保护生命的单纯，珍惜平凡生活。把心安顿好，就是要积累灵魂的财富，注重内在生活。

平凡生活体现了生命的自然品质，内在生活体现了生命的精神品质，把这两种生活过好，生命的整体品质就是好的。

换句话说，人的使命就是尽好老天赋予的两个主要职责，好好做自然之子，好好做万物之灵。

5

我一向认为，人最宝贵的东西，一是生命，二是心灵，而若能享受本真的生命，拥有丰富的心灵，便是幸福。这当然必须免去物质之忧，但并非物质越多越好，相反，毋宁说这二者的实现是以物质生活的简单为条件的。一个人把许多精力给了物质，就没有什么闲心来照看自己的生命和心灵了。诗意的生活一定是物质上简单的生活，这在古今中外所有伟大的诗人、哲人、圣人身上都可以得到印证。

6

人生有两大快乐。一是生命的快乐，例如健康、亲情、与自然的交融，这是生命本身的需要得到满足的快乐。另一是精神的快乐，包括智性、情感和信仰的快乐，这是人的高级属性得到满足的快乐。

物欲是社会刺激出来的，不是生命本身带来的，其满足诚然也是一种快乐，但是，与生命的快乐比，它太浅，与精神的快乐比，它太低。

7

人类应该朝什么方向发展？用什么来衡量人类文明的水平？物质财富的制造和享用当然是一个方面，但是，正如马克思所指出的，真正的自由王国存在于物质生产领域的彼岸，那实际上就是精神的创造和享受。

然而，长期以来，财富成了我们这个时代最光芒万丈的词汇，成了从政府到个人所追求的第一目标。在相当程度上，可以把近年来的这场经济危机视为泛滥于当代世界的物质主义和消费主义的一个恶果。它在物质主义和消费主义的大本营美国首先爆发，对于人类岂不是一个警示？

8

只有你自己做了父母，品尝到了养育小生命的天伦之乐，你才会知道不做一回父母是多么大的损失。只有你走进了书籍的宝库，品尝到了与书中优秀灵魂交谈的快乐，你才会知道不读好书是多么大的损失。世上一切真正的好东西都是如此，你必须亲自去品尝，才会知道它们在人生中具有不可替代的价值。

看见那些永远在名利场上操心操劳的人，我常常心生怜悯，我对自己说：他们因为不知道世上还有好得多的东西，所以才会把金钱、权力、名声这些次要的东西看得至高无上。

9

人生最值得追求的东西，一是优秀，二是幸福，而这二者都离不开智慧。所谓智慧，就是想明白人生的根本道理。唯有这样，才会懂得如何做人，从而成为人性意义上的真正优秀的人。也唯有这样，才能分辨人生中各种价值的主次，知道自己到底要什么，从而真正获得和感受到幸福。

10

人生中的大问题都是没有答案的。但是，一个人唯有思考这些大问题，才能真正拥有自己的生活信念和生活准则，从而对生活中的小问题作出正确的判断。

航海者根据天上的星座来辨别和确定航向。他永远不会知道那些星座的成分和构造，可是，如果他不知道它们的存在，就会迷失方向，不能解决具体的航行任务。

11

一个人内心有了成熟的信念和明确的方向，对于外界的一切就能够迅速作出恰当的反应，如同有一种本能在起作用。

12

健康的心理来自智慧的头脑。现代人易患心理疾病，病根多半在想不明白人生的根本道理，于是就看不开生活中的小事。倘若想明白了，哪有看不开之理？

13

人不仅仅属于时代。无论时代怎样，没有人必须为了利益而放弃自己的趣味。人生之大趣，第一源自生命，第二源自灵魂。一个人只要热爱生命，善于品味生命固有的乐趣，同时又关注灵魂，善于同人类历史上伟大的灵魂交往，即使在一个无趣的时代，他仍然可以生活得有趣。

14

现在我的生活基本上由两件事情组成，一是读书和写作，我从中获得灵魂的享受，另一是亲情和友情，我从中获得生命的享受。亲情和友情使我远离社交场的热闹，读书和写作使我远离名利场的热闹。人最宝贵的两样东西，生命和灵魂，在这两件事情中得到了妥善的安放和真实的满足，夫复何求？所以，我过着很安静的生活。

15

价值观决定你到底要什么，而要什么一取决于你看重什么，二取决于你擅长什么。我和人打交道的能力比较弱，最怕搞人际关系，最怕去争什么。其实，我也不是那么清高，名利也是一种价值，有当然比没有好。关键是你更看重什么，如果为了名利让我失去我更看重的东西，那我就不会选择名利。一是我更看重自己喜欢的读书写作，二是我的社会活动能力比较弱，所以就只好忽视外在功利，更注重内心，结果发现这样更好。

16

爱情和事业是人生幸福的两个关键项。爱着，创造着，这就够了。其余一切只是有了更好、没有亦可的副产品罢了。

内在生活

1

人生的道路分内外两个方面。外在方面是一个人的外部经历，它是有形的，可以简化为一张履历表，标示出了曾经的职业、地位、荣誉等。内在方面是一个人的心路历程，它是无形的，生命的感悟、情感的体验、理想的追求，这些都是履历表反映不了的。

我的看法是，尽管如此，内在方面比外在方面重要得多，它是一个人的人生道路的本质部分。我还认为，外在方面往往由命运、时代、环境、机遇决定，自己没有多少选择的主动权，在尽力而为之后，不妨顺其自然，而应该把主要精力投注于自己可以支配的内在方面。

2

人应该在自己身上拥有快乐的源泉，它本来就存在于每个人身上，就看你是否去开掘和充实它。这就是你的心灵。

心灵的快乐是自足的。如果你的心灵足够丰富，即使身处最单调的环境，你仍能自得其乐。如果你的心灵足够高贵，即使遭遇最悲惨的灾难，你仍能自强不息。这是一笔任何外力都夺不走的财富，是孟子所说的“人之安宅”，你可以借之安身立命。

3

世上有一样东西，比任何别的东西都更忠诚于你，那就是你的经历。你生命中的日子，你在其中遭遇的人和事，你因这些遭遇产生的悲欢、感受和思考，这一切仅仅属于你，不可能转让给任何别人，哪怕是你最亲近的人。这是你最珍贵的财富，而只要你珍惜，也会是你最可靠的财富，无人能够夺走。相反，如果你不珍惜，就会随岁月而流失，在世界任何地方都找不到了。正因为此，我一直主张人人养成写日记的习惯。

相比之下，金钱是最不可靠的财富。金钱毫无忠诚可言，它们没有个性，永远是那副模样，今天在你这里，明天会在别人那里，后天又可能回到你这里。可是，人们热衷于积聚金钱，却轻易挥霍掉仅仅属于自己的经历，这是怎样的本末倒置啊。

4

物质的财宝，丢失了可以挣回，挣不回也没有什么，它们是这样毫无个性，和你本来就没有必然的关系，只不过是换了一个地方存放罢了。可是，你的生命中的珍宝是仅仅属于你的，它们只能存放在你的心灵中和记忆中，如果这里没有，别的任何地方也不会有，你一旦把它们丢失，就永远找不回来了。

5

茫茫人海里，你遇见了这一些人而不是另一些人，这决定了你在人世间的命运。你的爱和恨，喜和悲，顺遂和挫折，这一切都是因为相遇。

但是，请记住，在相遇中，你不是被动的，你始终可以拥有一种态度。相遇组成了你的外部经历，对相遇的态度组成了你的内心经历。

还请记住，除了现实中的相遇之外，还有一种超越时空的相遇，即在阅读和思考中与伟大灵魂的相遇。这种相遇使你得以摆脱尘世命运的束缚，生活在一个更广阔、更崇高的世界里。

6

上天的赐予本来是公平的，每个人天性中都蕴涵着精神需求，在生存需要基本得到满足之后，这种需求理应觉醒，它的满足理应越来越成为主要的目标。那些永远折腾在功利世界上的人，那些从来不谙思考、阅读、独处、艺术欣赏、精神创造等心灵快乐的人，他们是怎样辜负了上天的赐予啊，不管他们多么有钱，他们是度过了怎样贫穷的一生啊。

7

为了抵御世间的诱惑，积极的办法不是压抑低级欲望，而是唤醒、发展和满足高级欲望。我所说的高级欲望指人的精神需要，它也是人性的组成部分。人一旦品尝到和陶醉于更高的快乐，面对形形色色的较低快乐的诱惑就自然有了“定力”。最好的东西你既然已经得到，你对那些次好的东西也就不会特别在乎了。

8

人在多大程度上不依赖于物质的东西，人就在多大程度上是自由的。所谓不依赖，在生存有保障的前提下，是一种精神境界。穷人是不自由的，因为他的生存受制于物质。那些没有精神目标的富人更是不自由的，因为他的全部心灵都受制于物质。自由是精神生活的范畴，物质只是自由的必要条件，永远不是充分条件，永远不可能直接带来自由。

无论个人，还是人类，如果谋求物质不是为了摆脱其束缚而获得精神的自由，人算什么万物之灵呢？

9

一个专注于精神生活的人，物质上的需求自然是十分简单的。因为他有重要得多的事情要做，没有工夫关心物质方面的区区小事；他沉醉于精神王国的伟大享受，物质享受不再成为诱惑。

10

在一个人的生活中，精神需求相对于物质需求所占比例越大，他就离神越近。

11

智者的特点是，一方面，很少的物质就能使他满足，另一方面，再多的物质也不能使他满足。原因只在于，他的心思不在这里，真正能使他满足的是精神事物。

12

一个人越是珍视心灵生活，他就越容易发现外部世界的有限，因而能够以从容的心态面对。相反，对于没有内在生活的人来说，外部世界就是一切，难免要生怕错过了什么似的急切追赶了。

13

生活是广义的，内心经历、感情、体验也是生活，读书也是写作的生活源泉。

14

心灵也是一种现实，甚至是唯一真实的现实，这个观点可以在佛教对心的论述中找到根据。

坦然面对人性

1

对于自己的经历应该采取这样的态度：一是尽可能地诚实，正视自己的任何经历，尤其是不愉快的经历，把经历当作人生的宝贵财富；二是尽可能地超脱，从自己的经历中跳出来，站在一个比较高的位置上看它们，把经历当作认识人性的标本。

2

我相信，无论谁肯用一种既诚实又超脱的眼光看自己，他的眼光就会变得既深刻又宽容，在这样的眼光下，一切外部经历都可以转化成心灵的财富，一切隐私都可以还原成普遍的人性现象。

3

凡真实的人性都不是罪恶，若看成罪恶，必是用了社会偏见的眼光。

4

每个人身上都藏着人性的秘密，都可以通过认识自己来认识人性。事实上，自古至今，一切伟大的人性认识者都是真诚的反省者，他们无情地把自己当作标本，借之反而对人性有了深刻而同情的理解。

5

人皆有弱点，有弱点才是真实的人性。那种自己认为没有弱点的人，一定是浅薄的人。那种众人认为没有弱点的人，多半是虚伪的人。

人生皆有遗憾，有缺憾才是真实的人生。那种看不见人生缺憾的人，或者是幼稚的，或者是麻木的，或者是自欺的。

正是在弱点和缺憾中，在对弱点的宽容和对缺憾的接受中，人幸福地生活着。

6

在伟人的生平中，最能打动我的不是他们的丰功伟绩，而是那些显露了他们的真实人性的时刻。其实普通人也一样，人人在生活中都有这样的时刻，而这样的时刻都是动人的。这使我相信，任何人只要愿意如实地叙述自己人生中刻骨铭心的遭遇和感受，就都可以写出一部精彩的自传，其价值远远超过那种仅仅罗列丰功伟绩的名人传记。

7

天赋、才能、眼光、魄力，这一切都还不是伟大，必须加上真实，才能成其伟大。真实是一切伟人的共同特征，它源自对人性的真切了解，并由此产生一种面对自己、面对他人的诚实和坦然。

精神上的伟人必定是坦诚的，他们足够富有，无须隐瞒自己的欠缺，也足够自尊，不屑于用作秀、演戏、不懂装懂来贬低自己。

8

问：您在自己写的书中也好，在接受采访时也好，对于自己的经历都非常坦诚。怎么能做到这一点的？

答：我想不出不坦诚的理由。如果对人性有足够的了解，人人都可以做到坦诚。

9

蒙田教会我坦然面对人性的平凡，尼采教会我坦然面对人性的复杂。

10

性格在很大程度上是天生的。既然是天生的，就谈不上好坏，好坏是后天运用的结果。因此，人不应该致力于改变自己的性格，事实上也做不到，所应该和能够做的是顺应它，因势利导，扬长避短，使它产生好的结果。

事实上，在相同性格类型的人里面，都既有成大事者，也有一事无成者，原因多半在此。

11

要做自己性格的主人，不要做自己性格的奴隶。一个人做了自己性格的主人，也就是尽可能地做了自己的命运的主人。

一个人的性格的所谓优点和缺点是紧密相连的，是一枚钱币的两面，消除了其中一面，另一面也就不存在了。所以，在享受性格之利的同时，承受性格之弊，乃是题中应有之义，只需把这个弊限制在适当的范围内就可以了。

如何限制？就是发扬性格本身的长处。抑制短处的真正力量在此。

12

人的基本性格是难以改变的，也不必刻意改变。性格本身无所谓好坏，关键在于正确地使用，使之产生好的结果。比如说，我不善社交，也就不去社交场折腾了，反倒为自己赢得了宁静的心境和独处的时间。

人性现象

1

厌恶比喜好更能反映一个人的本质。喜好的原因是多种多样的，可以是出自心灵，也可以是缘于感官，可以是出自个性，也可以是缘于时尚。相反，厌恶往往是出自心灵深处和个性特质的一种不由自主的反应。

在社会关系领域，厌恶也比喜好属于更深的层次。因为共同的喜好，人们结为同伴，因为共同的厌恶，人们才成为同志。

2

在一定意义上，可以把“认识你自己”理解为认识你的内在自我，那个使你之所以成为你的核心和根源。认识了这个东西，你就心中有数了，知道怎样的生活才是合乎你的本性的，你究竟应该要什么和可以要什么了。

然而，内在的自我必定也是隐蔽的，怎样才能认识它呢？我觉得我找到了一个方便的路径。事实上，我们平时做事和与人相处，这个内在自我始终是在表态的，只是往往不被我们留意罢了。那么，让我们留意，做什么事，与什么人相处，我们发自内心感到喜悦，或者相反，感到厌恶，那便是内在自我在表态。就此而论，认清你自己最真实的好恶就是认识了你自己，而你在这个世界上倘若有自己真正钟爱的事和人，就可以算是在实现自我了。

3

人一半是野兽，一半是天使。由自然的眼光看，人是动物，人的身体来源于进化、遗传、繁殖，受本能支配，如同别的动物身体一样是欲望之物。由诗和宗教的眼光看，人是万物之灵，人的灵魂有神圣的来源，超越于一切自然法则，闪放精神的光华。在人身上，神性和兽性彼此纠结、混合、战斗、消长，好像发生了化学反应一样，这样产生的结果，我们称之为人性。所以，人性是神性和兽性互相作用的产物。

4

快乐是人性或者说人的需要得到满足的一种状态。人性有三个层次。一是生物性，即食色温饱之类生理需要，满足则感到肉体的快乐。二是社会性，比如交往、被关爱、受尊敬的需要，满足则感到情感的快乐。三是精神性，包括头脑和灵魂，头脑有进行智力活动的需要，灵魂有追求和体悟生活意义的需要，二者的满足使人感到的是精神的快乐。

5

先生事业不顺，心情不佳，易发脾气。太太一肚子委屈，恶语相向。我劝这位太太道：你何不换一种眼光看先生，把他当作病人？太太若有所悟，面露微笑。

其实，我们每一个人，至少在某个时刻，例如在发怒时，都是一个病人。如果我们能够这样去看别人，尤其是自己的亲人，许多冲突都可化解。

6

人生舞台上的诸多角色，其实都是一位真正的主角的面具，是这位真正的主角在借壳表演，它的名字就叫——欲望。

什么是爱情？爱情就是欲望罩上了一层温情脉脉的面纱。

什么是婚姻？婚姻就是欲望戴上了一副名叫忠诚的镣铐，立起了一座名叫贞洁的牌坊。

什么是幸福？幸福是欲望在变魔术，给你变出海市蜃楼，让你无比向往，走到跟前一看，什么也没有。

所谓浪漫，不过是欲望在玩情调罢了。

玩情调玩腻了，欲望说：让我们好好过日子吧。这就叫生活。

7

许多哲学家认为欲望是一个坏东西，理由有二。一是说它虚幻。比如，叔本华说：欲望不满足就痛苦，满足就无聊，人生如同钟摆在痛苦和无聊之间摆动。萨特说：人是一堆无用的欲望。二是说它恶，是人间一切坏

自己的路

我走在自己的路上了。
成功与失败、幸福与苦难
都已降为非常次要的东西。
最重要的东西是这条路本身。

事的根源，导致犯罪和战争。

可是，生命无非就是欲望，否定了欲望，也就否定了生命。

怎么办？这里我们要请出人生中另外两位重要角色了，一位叫灵魂，另一位叫理性。灵魂是欲望的导师，它引导欲望升华，于是人类有了艺术、道德、宗教。理性是欲望的管家，它对欲望加以管理，于是人类有了法律、经济、政治。

你们看，人类的一切玩意儿，或者是欲望本身创造的，或者是为了对付欲望而创造的。说到底，欲望仍然是人生舞台上的主角。欲望是一个爱惹事的家伙，可是，如果没有欲望惹事，人生就未免太寂寞了。所以，最后我要说一句：谢谢欲望。

8

做人生的大表演，哪怕不是表演给俗世和他人看，而是表演给上帝和自己看，仍然是一种表演。这是心中装着永恒的人容易掉入的陷阱。

9

问：您对人性有了全面、深入的了解，这会使您更加理解、宽容人，还是会对人感到失望？

答：两方面都有，分不同的情况。如果是人所共有的弱点，那就更加理解、宽容；如果是个人的品德坏，那就很失望。

02

你就是你所找寻的东西

谁是最智慧的人

在古代雅典城里，有一座德尔斐神庙，供奉着雅典的主神阿波罗。相传那里的神谕非常灵验，当时的雅典人一遇到重大的或疑难的问题，便到庙里求谶。有一回，苏格拉底的一个朋友求了一个谶：“神啊，有没有比苏格拉底更智慧的人？”得到的答复是：“没有。”

苏格拉底听说了，感到非常奇怪。他一向认为，世界这么大，人生这么短促，自己知道的东西实在太可怜了。既然如此，神为什么说他是最智慧的人呢？可是，神谶是不容怀疑的。为了弄清楚神谶的真意，他访问了雅典城里以智慧著称的人，包括著名的政治家、学者、诗人和工艺大师。结果他发现，所有这些人都只是具备某一方面的知识和才能，却一个个都自以为无所不知。他终于明白了，神谶的意思是说：真正的智慧不在于有多少学问、才华和技艺，而在于懂得面对无限的世界，这一切算不了什么，我们实际上是一无所知的。他懂得这一点，而那些聪明人却不懂，所以神谶说他是最智慧的人。

这么说来，智慧有点儿像是谦虚，不过这是站在很高的高度才具备的一种谦虚。打个比方说，智慧的人就好像站在神的地位上来看人类包括他自己，看到了人类的局限性。他一方面也是一个具有这种局限性的普通人，另一方面却又能够居高临下地俯视这局限性，也就在一定意义上超越了它。有位哲学家说得好："一个人具有人的一切弱点，同时又像神那样坦然处之，你应当把这看作一种成就。"

所以，智慧和聪明是两回事。聪明指的是一个人在能力方面的素质，例如好的记忆力、理解力、想象力，反应灵敏等等。具备这些素质，再加上主观努力和客观机遇，你就可以在社会上获得成功，成为一个能干的政治家、博学的学者、精明的商人之类。但是，无论你怎么聪明，如果没有足够的智慧，你的成就终究谈不上伟大。也许正是因为这个原因，自古到今，聪明人非常多，伟人却很少。智慧不是一种才能，而是一种人生觉悟，一种开阔的胸怀和眼光。一个人在社会上也许成功，也许失败，如果他是智慧的，他就不会把这些看得太重要，而能够站在人世间一切成败之上，以这种方式成为自己命运的主人。

朋友

一个周末的早晨，我突然想到这个题目。又是周末了，谁会给我打电话呢？我已经发现，平时的电话总是十分繁忙，周末的电话却比较稀少了。平时来电话的多为编辑、记者之类，为了约稿或采访，属于公事，周末来电话的大抵是朋友，想聊聊天或聚一聚，属于私交。那么，我的朋友越来越少了吗？

朋友实在是一个非常笼统的词。一般人所说的朋友，多指熟悉到了一定程度的熟人，遇到需要帮忙的事情，彼此间是求得上的。关于这类朋友，前贤常予苛评。克雷洛夫说：“当你遇到困难时，把朋友们找来，你会得到各种好的忠告。可是，只要你一开口提到实际的援助，你最好的朋友也装聋作哑了。”马克·吐温说：“神圣的友谊如此甜蜜、忠贞、稳固而长久，以致能伴随人的整个一生——如果不要求借钱的话。”亚里士多德说得更干脆：“啊，我的朋友，世上并不存在朋友。”我不愿意把人心想象得这么坏，事实上也没有这么坏。我相信只要我的请求是对方力所能及的，我的大多数熟人一定会酌情相助。只是我这个人比较知趣，非到万不得已之时决不愿求人，而真正万不得已的情形是很少的。为了图清静，我也不喜欢把精力耗费在礼尚往来的应酬上。所以，我和一般人的交往常常难以达到所需要的熟悉程度，够不上在这个意义上称作朋友。

与泛泛之交式的友谊相反，另一些人给朋友订的标准极高，如同蒙田所描述的，必须是两个人的心灵完全相融，融合得天衣无缝，犹如两个躯体共有一颗灵魂，因而彼此对于对方都是独一无二的，其间的友谊是不容第三者分享的。据蒙田自己说，他和拉博埃西的友谊便是如此。我不怀疑天地间有这样可歌可泣的友谊，不过，就像可歌可泣的爱情一样，第一，它有赖于罕见的机遇；第二，它多半发生在青年时期。蒙田与拉博埃西就是在青年时期相识的，而且仅仅五年，后者便去世了。一般来说，这种恋情式的友谊往往带有年轻人的理想主义色彩，难以持续终身。当然，并非绝无可能，那便是鲁迅所谓“人生得一知己足矣”的境界了。不过，依我之见，既然忠贞不贰的爱情也只能侥幸得之，忠贞不贰的友谊之难觅就不算什么了不得的缺憾了。总之，至少现在我并不拥有这种独一无二的密友。

现在该说到我对朋友的理解了。我心目中的朋友，既非泛泛之交的熟人，也不必是心心相印的恋人，程度当在两者之间。在这世界上有若干个人，不见面时会互相惦记，见了面能感觉到一种默契，在一起度过一段愉快的时光，他们便是我心目中的朋友了。有时候，这样的朋友会像滚雪球一样聚合，形成一个所谓圈子。圈子容易给人以错觉，误以为圈中人都是朋友。我也有过一个格调似乎很高的圈子，当时颇陶醉于一次次高朋满座的欢谈，并且以为这样的日子会永远延续下去。未曾料到，由于生活中的变故，这个圈子对于我已不复存在。

鲍斯威尔笔下的约翰生说：“一个人随着年龄增长，如不结交新朋友，他就会很快发现只剩下了孤身一人。人应当不断修补自己的友谊。”我以前读到这话很不以为然，现在才悟出了其中的辛酸。不过，交朋友贵在自然，用不着刻意追求。在寂寞的周末，我心怀感激地想起不多的几位依然互相惦记着的老朋友和新朋友，于是平静地享受了我的寂寞。

平静

我们活在世上，
必须知道自己究竟想要什么。
一个人认清了他在这世界上
要做的事情，
并且在认真地做着这些事情，
他就会获得一种
内在的平静和充实。

沟通、隔膜和关爱

我越来越倾向于认为，人与人之间有隔膜是最正常的现象，没有隔膜倒是例外，甚至是近乎不可能的奇迹。不过，虽然隔膜是普遍的，我们在许多时候却未必会感觉到它们，它们经常是以潜在的形态存在着的。

所谓隔膜，是指沟通有障碍。因此，你感觉到隔膜，前提应该是你有沟通的愿望，你对那些你不曾想到要与之沟通的人是不会感觉到隔膜的。我这里所说的不包括你一接触就反感的那种人，因为那种隔膜太直接，你的本能立刻替你做出了判断，阻止你产生任何与之沟通的愿望。在与人交往时，人们会有一种嗅觉，嗅出眼前这个人的气味是否适合自己，区别只在灵敏的程度。但是，在多数情况下，你对你泛泛接触到的人不会有如此强烈的好恶，你的态度是中性的，你对他们还谈不上什么隔膜之感。只有那些因为机缘而程度不等地进入了你的生活之中、构成了你的人际关系的人，你才会程度不等地产生和他们沟通的愿望，于是便有可能发现彼此之间隔膜的存在了。

事实上，无论是谁，只要扪心自问都会承认，在自己的亲人、朋友、同事、熟人中间，真正能够与自己心灵契合的究属少数，不，哪怕只有一个也已经够幸运的了。这意味着人们完全意识到，在自己的各种交往中，隔膜是或多或少存在着的。不过，据我观察，大多数人并不为此苦恼，至少并不长久苦恼，多半是把这作为一个无法改变、许多时候也就无须改变的事实接受下来，渐渐安之若素了。我觉得这种心态是健康而合理的。仔细追溯起来，一个人在这个世界上的交往范围带有很大的偶然性，不是自己可以选择的。你之所以与这些人有了比与其他人多的来往，是因为你出生在这个家族里，你从事着这个职业，你进入了这个圈子，如此等等。在你和他们打交道的时候，他们已经是一些有着自己的性格和阅历的人了，倘若你竟要求这些原本与你不同并且因为偶然的原因进入你的生活的人能够与你息息相通，就未免太不近情理了。

在什么情况下，我们才会因为发现了隔膜的存在而真正感到痛苦呢？当然是在我们内心非常在乎那个人、非常在乎彼此的关系的时候。这就是在爱情和亲密的私人友谊中发生的情况。这时候我们不但有强烈的沟通愿望，而且往往自以为已经有了沟通的事实，可是突然，不和谐音出现了，也许是对方的一句话使我们感觉不是滋味，也许是对方的一个行为使我们受了伤害，裂痕出现了。昨天我们越是感觉心心相印，今天的裂痕就越是使我们疼痛，我们的隔膜感就越是尖锐鲜明。正是对于这种情况，我们最有必要做一番分析。

排除掉那种纯粹因为误会产生的龃龉不说，这种亲密者之间的隔膜感缘何而生？我认为只有一个答案，就是隔膜本来就存在着，只是现在才被发现了而已。这有两种情形。其一是原来的沟通基本上是错觉，实际上彼此心灵的差距非常大，大到完全不足以成为情人和朋友，而现在不过是因了某种刺激，原来闭着的眼睛一下子睁开了。作为当事人，这时候必定会感到异常的失望和沮丧，但我认为不必太惋惜，唯一令人惋惜的是你曾经为之浪费了宝贵的感情和光阴。只要你的确认清了巨大隔膜的存在，就千万不要试图去挽救什么，那样只会造成更大的浪费。当然，也用不着从此成为仇人，再大的隔膜也构不成敌对。相反，如果有一方偏不肯正视事实，仍然强求一种亲密的关系，倒很可能在对方的心中激起厌恶，在自己的心中激起仇恨。

另一种情形是随着彼此了解的深入，原来隐藏着的某些不大不小的差距显露出来了。这并不表明原来的沟通是误解，应该说沟通基本上是事实，但是，与此并存的还有另外一个事实，便是：因为人类心灵的个别性和复杂性，沟通必然是有限度的。我们不妨假定，人的心灵是有质和量的不同的。质不同，譬如说基本的人生态度和价值取向格格不入，所谓“道不同不相与谋”，沟通就无从谈起。质相同，还会有量的差异。两个人的精神品质基本一致，灵魂内涵仍会有深浅宽窄之别，其沟通的深度和广度必然会被限制在那比较浅窄的一方的水平上。即使两个人的水平相当，在他们心灵的各个层次上也仍然会存在着不同的岔路和拐角，从而造成一些局部的沟通障碍。

我的这个描述无疑有简单化的毛病。我只是想说明，人与人之间的完全沟通是不可能的，因而不同程度的隔膜是必然存在的。既然如此，任何一种交往要继续下去，就必须是能够包容隔膜的。首先，高质量的交往应该是心灵最深层次的相通，同时对那些不能沟通的方面互相予以尊重。其次，在现实生活中，两个人即使无法有深层的沟通，也未必意味着不能在一起相处。博大精深如歌德，不是与后来成为他妻子的比较平庸的克里斯蒂娜基本上相安无事，彼此厮守了一辈子吗？当然，歌德一生中不乏深层的沟通，例如与席勒，与贝蒂娜，以及通过他的作品而与一切潜在的知音。歌德显然懂得，居家过日子与精神交流是两回事，隔膜的存在并不妨碍日常生活。你可以说他具备智者的胸怀，也可以说他具备凡人的常识。与歌德相反，荷尔德林用纯粹精神的尺度衡量世俗的人际关系，感觉到的是与整个外部世界的不可穿透的隔膜，结果在自闭中度过了凄凉的一生。

现在人们提倡关爱，我当然赞成。我想提醒的是，不要企图用关爱去消除一切隔膜，这不仅是不可能的，而且会使关爱蜕变为精神强暴。在我看来，一种关爱不论来自何方，它越是不带精神上的要求，就越是真实可信，母爱便是一个典型的例证。关爱所给予的是普通的人间温暖，而在日常生活中，我们真正需要并且可以期望获得的也正是这普通的人间温暖。至于心灵的沟通，那基本上是一件可遇而不可求的事情，因而对之最适当的态度是顺其自然。

做人比事业和爱情更重要

人活世上，第一重要的还是做人，懂得自爱自尊，使自己有一颗坦荡又充实的灵魂，足以承受得住命运的打击，也配得上命运的赐予。倘能这样，也就算得上做命运的主人了。

人生在世最重要的事情不是幸福或不幸，而是不论幸福还是不幸都保持做人的正直和尊严。做人比事业和爱情都更重要，不管你在名利场和情场上多么春风得意，如果做人失败了，你的人生就在总体上失败了。最重要的不是在世人心目中占据什么位置，和谁一起过日子，而是你自己究竟是一个什么样的人。

做人要讲道德，做事要讲效率。讲道德是为了对得起自己的良心，讲效率是为了对得起自己的生命。

做事有两种境界。一是功利的境界，事情及相关的利益是唯一的目的，于是做事时必定会充满焦虑和算计。另一是道德的境界，无论做什么事，都把精神上的收获看得更重要，做事只是灵魂修炼和完善的手段，真正的目的是做人。正因为如此，做事时反而有了一种从容的心态和博大的气象。

做事即做人。人生在世，无论做什么事，都要注重做事的精神意义，通过做事来提升自己的精神世界，始终走在自己的精神旅程上，只要这样，无论做什么事都是有意义的，而所做之事的成败则变得不很重要了。

我们活在世上，不免要承担各种责任，小至对家庭、亲戚、朋友，对自己的职务，大至对国家和社会。除此之外，我们还有一项根本的责任，便是对自己的人生负责。

每个人在世上都只有活一次的机会，没有任何人能够代替他重新活一次。如果这唯一的一次人生虚度了，也没有任何人能够真正安慰他。在某种意义上，人世间各种其他的责任都是可以分担或转让的，唯有对自己的人生的责任，每个人都只能完全由自己来承担，一丝一毫依靠不了别人。

对自己人生的责任心是其余一切责任心的根源。一个人唯有对自己的人生负责，建立了真正属于自己的人生目标和生活信念，他才可能由之出发，自觉地选择和承担起对他人和社会的责任。我不能想象，一个在人生中随波逐流的人会坚定地负起生活中的责任。实际情况往往是，这样的人把尽责不是看作从外面加给他的负担而勉强承受，便是看作纯粹的付出而索求回报。

我相信，如果一个人能对自己的人生负责，那么，在包括婚姻和家庭在内的一切社会关系上，他对自己的行为都会有一种负责的态度。如果一个社会是由这样对自己的人生负责的成员组成的，这个社会就必定是高质量的有效率的社会。

一个不知对自己的人生负有什么责任的人，他甚至无法弄清他在世界上的责任是什么。许多人对责任的关系是完全被动的，他们之所以把一些做法视为自己的责任，不是出于自觉的选择，而是由于习惯、时尚、舆论等原因。譬如说，有的人把偶然却又长期从事的某一职业当作了自己的责任，从不尝试去拥有真正适合自己本性的事业。有的人看见别人发财和挥霍，便觉得自己也有责任拼命挣钱花钱。有的人十分看重别人尤其上司对自己的评价，谨小慎微地为这种评价而活着。他们不曾认真地想过自己的人生使命究竟是什么，在责任问题上也就必然是盲目的了。

角色

1

“成为你自己！”——这句话如同一切道德格言一样知易行难。我甚至无法判断，我究竟是否已经成为我自己。角色在何处结束，真实的自我在何处开始，这界限常常是模糊的。有些角色仅是服饰，有些角色却已经和我们的躯体生长在一起，如果把它们一层层剥去，其结果比剥葱头好不了多少。

演员尚有卸妆的时候，我们却生生死死都离不开社会的舞台。在他人目光的注视下，甚至隐居和自杀都可以是在扮演一种角色。

也许，只有当我们扮演某个角色露出破绽时，我们才得以一窥自己的真实面目。

2

我心中有一个声音，它是顽强的，任何权势不能把它压灭。可是，在日常的忙碌和喧闹中，它却会被冷落、遗忘，终于喑哑了。

在人生的舞台上，我们每个人都在忙忙碌碌地扮演自己的角色，比真的演员还忙，退场的时间更少。例如，我整天坐在这桌子前，不停地写，为出版物写，按照编辑、读者的需要写。我暗暗怀着一个愿望，有一天能抽出空来，写我自己真正想写的东西，写我心中的那个声音。可是，总抽不出时间。到真空下来的时候，我就会发现，我不知道自己真正想写什么，我心中的那个声音沉寂了，不知去向了。

别老是想，总有一天会写的。自我不是一个可以随意支使的侍从，你老是把它往后推，它不耐烦，一去不返了。

3

人不易摆脱角色。有时候，着意摆脱所习惯的角色，本身就是在不由自主地扮演另一种角色。反角色也是一种角色。

4

潇洒就是自然而不做作，不拘束。然而，在实际上，只要做作得自然，不露拘束的痕迹，往往也就被当成了潇洒。

如今，潇洒成了一种时髦，活得潇洒成了一句口号。人们竞相做出一种自然的姿态，恰好证明这是一个多么不自然的时代。

5

什么是虚假？虚假就是不真实，或者，故意真实。“我一定要真实！”——可是你已经在虚假了。

什么是做作？做作就是不真诚，或者，故意真诚。“我一定要真诚！”——可是你已经在做作了。

6

对于有的人来说，真诚始终只是他所喜欢扮演的一种角色。他极其真诚地进入角色，以至于和角色打成一片，相信角色就是他的真我，不由自主地被自己如此真诚的表演所感动了。

如果真诚为一个人所固有，是出自他本性的行为方式，他就决不会动辄被自己的真诚所感动。犹如血型和呼吸，自己甚至不可觉察，谁会对自己的血型和呼吸顾影自怜呢？（写到这里，发现此喻不妥，因为自从《血型与性格》《血型与爱情》一类小册子流行以来，果然有人对自己的血型顾影自怜了。姑妄喻之吧。）

由此我获得了一个鉴定真诚的可靠标准，就是看一个人是否被自己的真诚所感动。一感动，就难免包含演戏和做作的成分了。

7

偶尔真诚一下、进入了真诚角色的人，最容易被自己的真诚感动。

8

一个人可以承认自己有种种缺点，但决不肯承认自己虚伪，不真诚。承认自己不真诚，这本身需要极大的真诚。有时候一个人似乎敢承认自己不真诚了，但同时便从这承认中获得非常的满足，觉得自己在本质上是多么真诚，比别人都真诚：你们不敢承认，我承认了！于是，在承认的同时，也就一笔抹杀了自己的不真诚。归根到底还是不承认。对虚伪的承认本身仍然是一种虚伪。

9

有做作的初学者，他其实还是不失真实的本性，仅仅在模仿做作。到了做作而不自知是做作，自己也动了真情的时候，做作便成了本性，这是做作的大师。

10

真诚者的灵魂往往分裂成一个法官和一个罪犯。当法官和罪犯达成和解时，真诚者的灵魂便得救了。

做作者的灵魂往往分裂成一个戏子和一个观众。当戏子和观众彼此厌倦时，做作者的灵魂便得救了。

11

她读着梵·高的传记，泪眼汹涌，心想：“如果我在那个时代出生，我一定嫁给梵·高。”

在梵·高活着时，一定也有姑娘想象自己嫁给更早时代的天才，并且被这个念头感动得掉泪。而与此同时，梵·高依然找不到一个愿意嫁给他的姑娘。

倾听沉默

1

让我们学会倾听沉默——

因为在万象喧嚣的背后，在一切语言消失之处，隐藏着世界的秘密。倾听沉默，就是倾听永恒之歌。

因为我们最真实的自我是沉默的，人与人之间真正的沟通是超越语言的。倾听沉默，就是倾听灵魂之歌。

2

当少男少女由两小无猜的嬉笑转入羞怯的沉默时，最初的爱情来临了。

当诗人由热情奔放的高歌转入忧郁的沉默时，真正的灵感来临了。

沉默是神的来临的永恒仪式。

3

在两性亲昵中，从温言细语到甜言蜜语到花言巧语，语言愈夸张，爱情愈稀薄。达到了顶点，便会发生一个转折，双方恶言相向，爱变成了恨。

真实的感情往往找不到语言，真正的两心契合也不需要语言，谓之默契。人生中最美好的时刻都是“此时无声胜有声”的，不独爱情如此。

4

世上一切重大的事情，包括阴谋与爱情，诞生与死亡，都是在沉默中孕育的。

在家庭中，夫妇吵嘴并不可怕，倘若相对无言，你就要留心了。

在社会上，风潮迭起并不可怕，倘若万马齐喑，你就要留心了。

艾略特说，世界并非在惊天动地的“砰”的一声中，而是在几乎听不见的“哧”的一声中完结的。末日的来临往往悄无声息。死神喜欢蹑行，当我们听见它的脚步声时，我们甚至来不及停住唇上的生命之歌，就和它打了照面。

当然，真正伟大的作品和伟大的诞生也是在沉默中酝酿的。广告造就不了文豪。哪个自爱并且爱孩子的母亲会在分娩前频频向新闻界展示她的大肚子呢?

5

在最深重的苦难中，没有呻吟，没有哭泣。沉默是绝望者最后的尊严。

在最可怕的屈辱中，没有诅咒，没有叹息。沉默是复仇者最高的轻蔑。

6

沉默是语言之母，一切原创的、伟大的语言皆孕育于沉默。但语言自身又会繁殖语言，与沉默所隔的时代越来越久远，其品质也越来越蜕化。

还有比一切语言更伟大的真理，沉默把它们留给了自己。

7

我们的内心经历往往是沉默的。讲自己不是一件随时随地可以进行的容易的事，它需要某种境遇和情绪的触发，一生难得有几回。那些喜欢讲自己的人多半是在讲自己所扮演的角色。

另一方面呢，我们无论讲什么，也总是在曲折地讲自己。

8

在社交场合我轻易不谈人生。只要一听到那些空洞的感叹，我就立即闭口。越是严肃的思想，深沉的情感，就越是难于诉诸语言。大音稀声。这里甚至有一种神圣的羞怯，使得一个人难于启齿说出自己最隐秘的思绪，因为它是在默默中受孕的，从来不为人所知，于是便像要当众展示私生子一样的难堪。

9

语言是存在的家。沉默是语言的家。饶舌者扼杀沉默，败坏语言，犯下了双重罪过。

10

话语是一种权力——这个时髦的命题使得那些爱说话的人欣喜若狂，他们越发爱说话了，在说话时还摆出了一副大权在握的架势。

我的趣味正相反。我的一贯信念是：沉默比话语更接近本质，美比权力更有价值。在这样的对比中，你们应该察觉我提出了一个相反的命题：沉默是一种美。

11

自己对自己说话的需要。谁在说？谁在听？有时候是灵魂在说，上帝在听。有时候是上帝在说，灵魂在听。自己对自己说话——这是灵魂与上帝之间的交流，在此场合之外，既没有灵魂，也没有上帝。

如果生活只是对他人说话和听他人说话，神圣性就荡然无存。

所以，我怀疑现代哲学中的一切时髦的对话理论，更不必说现代媒体上的一切时髦的对话表演了。

12

沉默就是不说，但不说的原因有种种，例如：因为不让说而不说，那是顺从或者愤懑；因为不敢说而不说，那是畏怯或者怨恨；因为不便说而不说，那是礼貌或者虚伪；因为不该说而不说，那是审慎或者世故；因为不必说而不说，那是默契或者隔膜；因为不屑说而不说，那是骄傲或者超脱。这些都还不是与语言相对立的意义上的沉默，因为心中已经有了话，有了语言，只是不说出来罢了。倘若是因为不可说而不说，那至深之物不能浮现为语言，那至高之物不能下降为语言，或许便是所谓存在的沉默了吧。

13

沉默是一口井，这井里可能藏着珠宝，也可能一无所有。

真实

1

真实是最难的，为了它，一个人也许不得不舍弃许多好东西：名誉、地位、财产、家庭。但真实又是最容易的，在世界上，唯有它，一个人只要愿意，总能得到和保持。

2

人不可能永远真实，也不可能永远虚假。许多真实中一点虚假，或许多虚假中一点真实，都是动人的。最令人厌倦的是一半对一半。

3

真正打动人的感情总是朴实无华的，它不出声，不张扬，埋得很深。沉默有一种特别的力量，当一切喧嚣静息下来后，它仍然在工作着，穿透可见或不可见的间隔，直达人心的最深处。

4

纯洁做不到，退而求其次——真实。真实做不到，再退而求其次——糊涂。可是郑板桥说：难得糊涂。还是太纯洁了。

5

一个人为了实现自我，必须先在非我的世界里漫游一番。但是，有许多人就迷失在这漫游途中了，沾沾自喜于他们在社会上的小小成功，不再想回到自我。成功使他们离他们的自我愈来愈远，终于成为随波逐流之辈。另有一类灵魂，时时为离家而不安，漫游愈久而思家愈切，唯有他们，无论成功失败，都能带着丰富的收获返回他们的自我。

6

我要为自己定一个原则：每天夜晚，每个周末，每年年底，只属于我自己。在这些时间里，我不做任何履约交差的事情，而只读我自己想读的书，只写我自己想写的东西。如果不想读不想写，我就什么也不做，宁肯闲着，也决不应付差事。差事是应付不完的，唯一的办法是人为地加以限制，确保自己的自由时间。

7

那个在无尽的道路上追求着的人迷惘了。那个在无路的荒原上寻觅着的人失落了。怪谁呢？谁叫他追求，谁叫他寻觅！

无所追求和寻觅的人们，绝不会有迷惘感和失落感，他们活得明智而充实。

8

我不想知道你有什么，只想知道你在寻找什么，你就是你所寻找的东西。

9

一种人不自觉地要显得真诚，以他的真诚去打动人并且打动自己。他自己果然被自己感动了。

一种人故意地要显得狡猾，以他的狡猾去魅惑人并且魅惑自己。他自己果然怀疑起自己来了。

10

真正有独特个性的人并不竭力显示自己的独特，他不怕自己显得与旁人一样。那些时时处处想显示自己与众不同的人，往往是一些虚荣心十足的平庸之辈。

11

质朴最不容易受骗，连成功也骗不了它。

12

文人最难戒的毛病是卖弄。说句公道话，文字本身就诱惑他们这样做。他们惯于用文字表达自己，而文字总是要给人看的，这就很容易使他们的表达变成一种表演，使他们的独白变成一种演讲。他们走近文字如同走近一扇面向公众的窗口，不由自主地要摆好姿势。有时候他们拉上窗帘，但故意让屋里的灯亮着，以便把他们的孤独、忧伤、痛苦等等适当地投在窗帘上，形成一幅优美的剪影。即使他们力戒卖弄，决心真实，也不能担保这诉诸文字的真实不是又一种卖弄。

13

这是一位多愁善感的作者，并且知道自己多愁善感，被自己的多愁善感所感动，于是愈发多愁善感了。他在想象中看到读者感动的眼泪，自己禁不住也流下感动的眼泪，泪眼蒙胧地在稿纸上签下了自己的名字。

14

刻意求真实者还是太关注自己的形象，已获真实者只是活得自在罢了。

15

在精神领域的追求中，不必说世俗的成功，社会和历史所承认的成功，即便是精神追求本身的成功，也不是主要的目标。在这里，目标即寓于过程之中，对精神价值的追求本身成了生存方式，这种追求愈执着，就愈是超越于所谓成败。一个默默无闻的贤哲也许更是贤哲，一个身败名裂的圣徒也许更是圣徒。如果一定要论成败，一个伟大的失败者岂不比一个渺小的成功者更有权被视为成功者？

道德的根本

1

同情，即人与人以生命相待，乃是道德的基础。没有同情，人就不是人，社会就不是人待的地方。人是怎么沦为兽的？就是从同情心的麻木和死灭开始的，由此下去可以干一切坏事。

所以，善良是最基本的道德品质，是区分好人和坏人的最初的也是最后的界限。

2

人如果没有同情心，就远不如禽兽，比禽兽坏无数倍。猛兽的残暴仅限于本能，绝不会超出生存所需要的程度。人残酷起来却没有边，完全和生存无关，为了龌龊的利益，为了畸形的欲望，为了变态的心理，什么坏事都干得出来。只有在人类之中，才会产生千奇百怪的酷刑，产生法西斯和恐怖主义。

3

利己是生命的第一本能，同情是生命的第二本能，后者由前者派生。所谓同情，就是推己及人，知道别人也是一个有利己之本能的生命，因而不可损人。法治社会的秩序即建立在利己与同情的兼顾之上，其实质通俗地说就是保护利己、惩罚损人，亦即规则下的自由。在一个社会中，如果利己的行为都得到保护，损人的行为都受到惩罚，这样的社会就一定是一个既有活力又有秩序的社会。

4

善良来自对生命的感动。看一个人是否善良，我有一个识别标准，就是看他是否喜欢孩子。一个对小生命冷漠的人，他在人性上一定是有问题的。相反，如果一个人看见孩子是情不自禁地喜欢的，即使他有别的种种毛病，我仍相信这个人还是有希望的。

5

人心有两种成分，一是利己心，二是同情心，二者都是人的本性。人在年轻时欲望强，容易把自己的利益和成功看得最重要，名利欲望的满足往往是快乐的主要源泉。随着年龄增长，同情心应该逐渐占据上风，更多地从惠及他人的善行中汲取快乐了。

6

震灾中生命所遭受的毁灭和创伤，在我们身上唤醒的最可贵的东西是什么？首先是真实的人性，是人性中的善良，是对一个个活生生的个体生命的同情和尊重。这岂不是人之为人的最基本的品质吗？岂不是人与人得以结合成人类、社会、民族、国家的最基本的因素吗？与爱国主义相比，在人性层次上，它是更深刻的东西，在文明层次上，它又是更高级的东西。就说爱国主义吧，一个人如果不是一个善良的人，他会是一个好中国人吗？如果一个国家的成员普遍缺乏对生命的同情和尊重，这会是一个好国家吗？它还值得我们爱吗？

7

不分国家和民族，人皆是生命，人性中皆有爱生命的本能以及推己及人对他人生命的同情，区别在于能否使这个基本人性在社会制度中体现出来并得到保护和发扬。西方的历史表明，现代文明社会的整座大厦就是建立在这个基本人性的基础上的。

正如亚当·斯密所指出的，同情是社会一切道德的基础，在此基础上形成了正义和仁慈这两种基本的道德。同样，尊重个体生命是法治社会的出发点，法治的目的就是要建立一种最大限度保护每个人的生命权利的秩序。

8

在一个普遍对生命冷漠的环境中，人是不可能有安全感的，无人能保证似乎偶然的灾祸不会落到自己头上。

9

善待动物，至少不虐待动物，这不仅是对地球上其他生命的尊重，也是人类自身精神上道德上纯洁化的需要。可以断定，一个虐待动物的民族，一定也不会尊重人的生命。人的生命感一旦麻木，心肠一旦变冷酷，同类岂在话下。

10

一个对同类真正有同情心的人，把同情心延伸到动物身上，实在是最自然的事情。同样，那些肆意虐待和残害动物的家伙，我们可以断定他们对同类也一定是冷酷的。因此，是否善待动物，所涉及的就不只是动物的命运，其结果也会体现在人身上，对道德发生重大影响。在这个意义上，保护动物就是保护人道，救赎动物就是人类的精神自救。

11

善良的人有宽容之心，既容人之短，能原谅，又容人之长，不嫉妒。在我看来，容人之优秀是更难的，对于一个开放社会也是更重要的。

12

与人为善不只表现为物质上的施惠，你对他人的诚恳态度，包括懂得感恩，肯于认错，都证明了你的善良。

13

健全的人际关系和社会秩序靠的是尊重，而不是爱。道理很简单：你只能爱少数的人，但你必须尊重所有的人。

也许有人会说：不是还有博爱吗？不错，但是，第一，无论作为宗教，还是作为人道，博爱都更是一种信念，在性质上不同于对具体的人的具体的爱；第二，不能要求社会所有成员都接受这个信念。

爱你的仇人——太矫情了吧。尊重你的仇人——这是可以做到的。孔子很懂这个道理，他反对以德报怨，主张以直报怨。

14

人要有做人的尊严，要有做人的基本原则，在任何情况下都不可违背，如果违背，就意味着不把自己当人了。今天的一些人就是这样，不知尊严为何物，不把别人当人，任意欺凌和侮辱，而根源正在于他没有把自己当人，事实上你在他身上也已经看不出丝毫人的品性。

15

高贵者的特点是极其尊重他人，正是在对他人的尊重中，他的自尊得到了最充分的体现。

16

朋友之间，最重要的是尊重。

你的朋友向你吐露了隐衷，你要保守秘密，不可向人传说。也许你的朋友还向别人吐露了这隐衷，你仍要当作只有你一人知道一样，不可让秘密由你传播出去。

你的朋友最需要你的时候，你一定要出现。但是，这不能成为理由，认为你因此就有了随时在他面前出现的权利。即使对你最好的朋友，你也没有这个权利。

当你的朋友处在大幸福或大悲痛之中时，你要懂得沉默，不去打扰他，这是你对他的大尊重。

17

从字面上看，施舍是居高临下的，供奉是卑躬屈膝的，馈赠是平等的。从实质上看，若不是出自爱心，三者皆虚伪，若是出自爱心，其间的界限便消融，施舍、供奉也都是馈赠。

把自己喜欢或需要的东西送人，并且只是出自爱、

同情、感恩，绝无图报之心，才是真心诚意的馈赠，也才配叫作馈赠。对于施舍和供奉，这个标准同样适用。在这里，行为和动机都是重要的。在行为上把自己不喜欢或不需要的东西送人，在动机上行善图报或沽名钓誉，就无权称作施舍和供奉，只能称作秀和交易。

18

做事有两种境界。一是功利的境界，事情及相关的利益是唯一的目的，于是做事时必定会充满焦虑和算计。另一是道德的境界，无论做什么事，都把精神上的收获看得更重要，做事只是灵魂修炼和完善的手段，真正的目的是做人。正因为如此，做事时反而有了一种从容的心态和博大的气象。

从长远看，做事的结果终将随风飘散，做人的收获却能历久弥新。如果有上帝，他看到的只是你如何做人，不会问你做成了什么事，在他眼中，你在人世间做成的任何事都太渺小了。

19

在一个人人逐利的社会上，人际关系必然复杂。如果大家都能想明白人生的道理，多多地关注自己生命和灵魂的需要，约束物质的贪欲，人际关系一定会单纯得多，这个世界也会美好得多。

由此可见，一个人有正确的人生观，本身就是对社会的改善作了贡献。你也许做不了更多，但这是你至少可以做的。你也许能做得更多，但这是你至少必须做的。

20

世界上特立独行的人为什么这么少？原因有二。一是懒惰，因为一个人要对自己负责，真正实现自己，成为一个独特的自己，是必须付出巨大的努力的，许多人怕吃苦，怕麻烦，就宁愿放松自己，做一个平庸的人。二是怯懦，因为在一个大家都平庸的环境里，少数人若仍要追求优秀和独特，就会遭到讥笑、嫉妒甚至迫害，于是为了自保而退缩，违心地随大流。

由此可见，是多数人的懒惰导致了少数人的怯懦。相反，如果人人都对自己负责，以优秀为荣，因而也就能够欣赏别人的优秀，这样的环境是最适合于特立独行的人生长的。

03

从工作中感受到生命的意义

成功是优秀的副产品

1

在确定自己的人生目标时，不应该把成功作为首选。首要的目标应该是优秀，其次才是成功。

所谓优秀，是指一个人的内在品质，有高尚的人格和真实的才学。一个优秀的人，即使他在名利场上不成功，他仍能有充实的心灵生活，他的人生仍是充满意义的。相反，一个平庸的人，即使他在名利场上风光十足，他也只是在混日子，至多是混得好一些罢了。

2

事实上，一个人倘若真正优秀，而时代又不是非常糟，他获得成功的机会还是相当大的。即使生不逢辰，或者运气不佳，也多能在身后得到承认。优秀者的成功往往是大成功，远非那些追名逐利之辈的渺小成功可比。人类历史上一切伟大的成功者都出自精神上优秀的人之中，不管在哪一个领域，包括创造财富的领域，做成伟大事业的决非钻营之徒，而必是拥有伟大人格和智慧的人。

3

一个人能否成为优秀的人，基本上是可以自己做主的，能否在社会上获得成功，则在相当程度上要靠运气。所以，应该把成功看作优秀的副产品，不妨在优秀的基础上争取它，得到了最好，得不到也没有什么。在根本的意义上，作为一个人，优秀就已经是成功。

4

所谓优秀，是在人性的意义上说的，就是要把人之为人的禀赋发展得尽可能的好，把人性的品质在自己身上实现出来。按照理解，可以把这些品质概括为四项，即善良的生命、丰富的心灵、自由的头脑、高贵的灵魂。

5

真正的成功是做人的成功，即做一个有灵魂的人，一个精神上优秀的大写的人。这样的人即使在世俗的意义上不很成功，他的人生仍是充满意义的。不过，事实上，人类历史上一切伟大的成功者恰恰出于这样的人之中。

6

把优秀当作第一目标，而把成功当作优秀的副产品，这是最恰当的态度，有助于一个人获取成功，或者坦然地面对不成功。

7

也许，在任何时代，从事精神创造的人都面临着这个选择：是追求精神创造本身的成功，还是追求社会功利方面的成功？前者的判官是良知和历史，后者的判官是时尚和权力。在某些幸运的场合，两者会出现一定程度的一致，时尚和权力会向已获得显著成就的精神创造者颁发证书。但是，在多数场合，两者往往偏离甚至背道而驰，因为它们毕竟是性质不同的两件事，需要花费不同的工夫。即使真实的业绩受到足够的重视，决定升迁的还有观点异同、人缘、自我推销的干劲和技巧等其他因素，而总是有人不愿意在这些方面浪费宝贵的生命的。

8

现在书店里充斥着所谓励志类书籍，其中也许有好的，但许多是垃圾。这些垃圾书的内容无非是两类：一是教人如何在名利场上拼搏，发财致富，出人头地；二是教人如何精明地处理人际关系，讨上司或老板欢心，在社会上吃得开。偏是这类东西似乎十分畅销，每次在书店看到它们堆放在最醒目的位置上，满眼是“经营自我”“人生策略”“致富圣经”之类庸俗不堪的书名，我就为这个时代感到悲哀。

9

励志没有什么不好，问题是励什么样的志。完全没有精神目标，一味追逐世俗的功利，这算什么“志”，恰恰是胸无大志。

10

看到书店出售教授交际术、成功术之类的畅销书，我总感到滑稽。一个人对某个人有好感，和他或她交了朋友，或者对某件事感兴趣，想方设法把它做成功，这本来都是自然而然的。不熟记要点就交不了朋友，不乞求秘诀就做不成事业，可见多么缺乏真情感真兴趣了。但是，没有真情感，怎么会有真朋友呢？没有真兴趣，怎么会有真事业呢？既然如此，又何必孜孜于交际和成功？这样做当然有明显的功利动机，但那还是比较表面的，更深的原因是精神上的空虚，于是急于找捷径躲到人群和事务中去。我不知道其效果如何，只知道如果这样的交际家走近我身旁，我一定会更感寂寞；如果这样的成功者站在我面前，我一定会更觉无聊的。

11

对于真正有才华的人来说，机会是会以各种面目出现的。

12

灵性 + 耐性 = 成功。

但两者难以兼备，有灵性者往往缺乏耐性，有耐性者往往缺乏灵性，故成功者少。

职业和事业

1

在人生中，职业和事业都是重要的。大抵而论，职业关系到生存，事业关系到生存的意义。在现实生活中，两者的关系十分复杂，从重合到分离、背离乃至于根本冲突，种种情形都可能存在。人们常常视职业与事业的一致为幸运，但有时候，两者的分离也会是一种自觉的选择，例如斯宾诺莎为了保证以哲学为事业而宁愿以磨镜片为职业。因此，事情最后也许可以归结为一个人有没有真正意义上的事业，如果没有，所谓事业与职业的关系问题也就不存在，如果有，这个关系问题也就有了答案。

接受

不要去想未来，
就把漂流当作唯一可能的生活吧，
这样反而有勇气活下去了。
身陷任何一种绝境，
只要还活着，
就必须把绝境也当作一种生活，
接受它的一切痛苦，
也不拒绝它仍然可能有的任何微小的快乐。

2

怎样确定一个职业是否适合自己？我认为应该符合三个条件：第一，有强烈的兴趣，甚至到了不给钱也一定要干的程度；第二，有明晰的意义感，确信自己的生命价值借此得到了实现；第三，能够靠它养活自己。

3

你做一项工作，只是为了谋生，对它并不喜欢，这项工作就只是你的职业。你做一项工作，只是因为喜欢，并不在乎它能否带来利益，这项工作就是你的事业。

4

最理想的情形是，事业和职业一致，做喜欢的事并能以之谋生。其次好的是，二者分离，业余做喜欢的事。最糟糕的是，根本没有自己真正喜欢做的事。

5

我相信，从理论上说，每一个人的禀赋和能力的基本性质是早已确定的，因此，在这个世界上必定有一种最适合他的事业，一个最适合他的领域。当然，在实践中，他能否找到这个领域，从事这种事业，不免会受客观情势的制约。但是，自己应该有一种自觉，尽量缩短寻找的过程。在人生的一定阶段上，一个人必须知道自己是怎样的人，到底想要什么了。

6

人的能力有两个层次。第一个层次是智力的一般品质，即是否养成了智力活动的兴趣和习惯，是否爱动脑子和善动脑子。第二个层次是个体的特殊禀赋，由基因或者说先天的生理心理特性所决定，因之而具备在某个特定领域发展的潜在优势。前者好，后者才会显示出来，这是铁的规律。一个智力迟钝的人是永远不可能发现自己有什么特殊禀赋的。首先让自己的一般智力品质发育得好，在此基础上找到最适合自己特殊禀赋的领域，使自己最好的能力得到最好的运用和发展，我称之为事业。

7

从人性看，仅仅作为谋生手段的工作是不快乐的，但是，作为人的心智能力和生命价值的实现的工作，则本应该是人生快乐的最重要源泉。

8

现在许多年轻人对职业不满意，然而，可悲的是，真给了他们选择的自由，他们只有一个标准，除了挣钱多一些，谋生得好一些之外，就不知道要什么了。

9

事业是精神性追求和社会性劳动的统一，精神性追求是其内涵和灵魂，社会性劳动是其形式和躯壳，二者不可缺一。

所以，一个仅仅为了名利而从政、经商、写书的人，无论他在社会上获得了怎样的成功，都不能说他有事业。

所以，一个不把自己的理想、思考、感悟体现为某种社会价值的人，无论他内心多么真诚，也不能说他有事业。

10

爱情与事业，人生的两大追求，其实质为一，均是自我确认的方式。爱情是通过某一异性的承认来确认自身的价值，事业是通过社会的承认来确认自身的价值。

11

在人类一切事业中，情感都是原动力，而理智则有时是制动器，有时是执行者。或者说，情感提供原材料，理智则做出取舍，进行加工。世上绝不存在单凭理智就能够成就的事业。

12

所以，无论哪一领域的天才，都必是具有某种强烈情感的人。区别只在于，由于理智加工程度和方式的不同，对那作为原材料的情感，我们从其产品上或者容易认出，或者不容易认出罢了。

13

人类历史上的一切优秀者，不管是哪一领域的，必是对世界和人生有自己广阔的思考和独特理解的人。一个人只有小聪明而没有大智慧，却做成了大事业，这样的例子古今中外都不曾有过呢。

14

对于我来说，人生即事业，除了人生，我别无事业。我的事业就是要穷尽人生的一切可能性。这是一个肯定无望但极有诱惑力的事业。

做自己喜欢做的事

1

一个人活在世上，必须有自己真正爱好的事情，才会活得有意思。这爱好完全是出于他的真性情的，而不是为了某种外在的利益，例如为了金钱、名声之类。他喜欢做这件事情，只是因为他觉得事情本身非常美好，他被事情的美好所吸引。这就好像一个园丁，他仅仅因为喜欢而开辟了一块自己的园地，他在其中培育了许多美丽的花木，为它们倾注了自己的心血。当他在自己的园地上耕作时，他心里非常踏实。无论他走到哪里，他也都会牵挂着那些花木，如同母亲牵挂着自己的孩子。这样一个人，他一定会活得很充实的。相反，一个人如果没有自己的园地，不管他当多大的官，做多大的买卖，他本质上始终是空虚的。这样的人一旦丢了官，破了产，他的空虚就暴露无遗了，会惶惶然不可终日，发现自己在世界上无事可做，也没有人需要他，成了一个多余的人。

2

世界无限广阔，诱惑永无止境。然而，属于每一个人的现实可能性终究是有限的。你不妨对一切可能性保持着开放的心态，因为那是人生魅力的源泉。但同时你也要早一些在世界之海上抛下自己的锚，找到最适合自己的领域。一个人不论伟大还是平凡，只要他顺应自己的天性，找到了自己真正喜欢做的事，并且一心把自己喜欢做的事做得尽善尽美，他在这世界上就有了牢不可破的家园。于是，他不但会有足够的勇气去承受外界的压力，而且会有足够的清醒来面对形形色色的机会的诱惑。

3

每个人生活中最重要的部分是自己所热爱的那项工作，他借此而进入世界，在世上立足。有了这项他能够全身心投入的工作，他的生活就有了一个核心，他的全部生活围绕这个核心组织成了一个整体。没有这个核心的人，他的生活是碎片，譬如说，会分裂成两个都令人不快的部分，一部分是折磨人的劳作，另一部分是无所用心的休闲。

4

看一件事情是不是你的事业，有两个标准。一是真兴趣，你对它真正喜欢，做事情的过程本身就是最大的愉快，因而不再在乎外在的报酬和结果。这说明这个事情是真正适合你的天赋的，你的最好的能力在其中得到了运用和发展。二是意义感，通过做这个事情，你感到你的生命意义、人生价值得到了实现。

现在很多人的问题就在这里，他们没有这样的一件事情，于是只好把外在的东西作为标准，什么事情挣钱多、显得风光，社会上大家在争什么，他就朝哪里挤。

在没头脑的激烈竞争中，输了当然不痛快，但什么叫赢了？总是比上不足，所以心态总是不平衡。

5

我对成功的理解：把自己喜欢做的事做得尽善尽美，让自己满意，不要去管别人怎么说。

6

真实的、不可遏制的兴趣是天赋的可靠标志。

7

最好的职业是有业无职，就是有事业，而无职务、职位、职称、职责之束缚，能够自由地支配自己的时间，做自己喜欢做的事。例如艺术家、作家、学者，当然，前提是他们真正热爱艺术、文学和学术。否则，职位、职务、职称俱全而唯独无事业的所谓学者、作家、艺术家，今天有的是。

8

我们活在世上，必须知道自己究竟想要什么。一个人认清了他在这世界上要做的事情，并且在认真地做着这些事情，他就会获得一种内在的平静和充实。

9

在商场里，有的人总是朝人多的地方挤，去抢购大家都在买的东西，结果买了许多自己不需要的东西，还为没有买到另外许多自己不需要的东西而痛苦。那些不知道自己究竟想要什么的人，就生活在同样可悲的境况中。

创造的幸福

1

生活质量的要素：一、创造；二、享受；三、体验。

其中，创造在生活中所占据的比重，乃是衡量一个人的生活质量的主要标准。

2

一个人创造力的高低，取决于两个因素，一是有无健康的生命本能，二是有无崇高的精神追求。这两个因素又是密切关联、互相依存的，生命本能若无精神的目标是盲目的，精神追求若无本能的发动是空洞的。它们的关系犹如土壤和阳光，一株植物唯有既扎根于肥沃的土壤，又沐浴着充足的阳光，才能茁壮地生长。

3

创造力无非是在强烈的兴趣推动下的持久的努力。其中最重要的因素，第一是兴趣，第二是良好的工作习惯。通俗地说，就是第一要有自己真正喜欢做的事，第二能够全神贯注又持之以恒地把它做好。在这过程中，人的各种智力品质，包括好奇心、思维能力、想象力、直觉、灵感等等，都会被调动起来，为创造做出贡献。

4

人要做成一点事情，第一靠热情，第二靠毅力。我在各领域一切有大作为的人身上，都发现了这两种品质。

首先要有热情，对所做的事情真正喜欢，以之为乐，全力以赴。但是，单有热情还不够，因为即使是喜欢做的事情，只要它足够大，其中必包含艰苦、困难乃至枯燥，没有毅力是坚持不下去的。何况在人生之中，人还经常要面对自己不喜欢但必须做的事情，那时候就完全要靠毅力了。

5

一个人的工作是否值得尊敬，取决于他完成工作的精神而非行为本身。这就好比造物主在创造万物之时，是以同样的关注之心创造一朵野花、一只小昆虫或一头巨象的。无论做什么事情，都力求尽善尽美，并从中获得极大的快乐，这样的工作态度中的确蕴涵着一种神性，不是所谓职业道德或敬业精神所能概括的。

6

一切从工作中感受到生命意义的人，勋章不能报偿他，亏待也不会使他失落。内在的富有找不到、也不需要世俗的对应物。像托尔斯泰、卡夫卡、爱因斯坦这样的人，没有得诺贝尔奖于他们何损，得了又能增加什么？只有那些内心中没有欢乐源泉的人，才会斤斤计较外在的得失，孜孜追求教授的职称、部长的头衔和各种可笑的奖状。他们这样做很可理解，因为倘若没有这些，他们便一无所有。

7

圣埃克苏佩里把创造定义为“用生命去交换比生命更长久的东西”，我认为非常准确。创造者与非创造者的区别就在于，后者只是用生命去交换维持生命的东西，仅仅生产自己直接或间接用得上的财富；相反，前者工作是为了创造自己用不上的财富，生命的意义恰恰是寄托在这用不上的财富上。

8

繁忙中清静的片刻是一种享受，而闲散中紧张创作的片刻则简直是一种幸福了。

9

天才是伟大的工作者。凡天才必定都是热爱工作、养成了工作习惯的人。当然，这工作是他自己选定的，是由他的精神欲望发动的，所以他乐在其中、欲罢不能。那些无此体验的人从外面看他，觉得不可理解，便勉强给了一个解释，叫作勤奋。

10

俗人有卑微的幸福，天才有高贵的痛苦，上帝的分配很公平。对此愤愤不平的人，尽管自诩天才，却比俗人还不如。

生存的现实和寓言

在读了加拿大作家马特尔的小说《少年派的奇幻漂流》之后，几乎每一个评论者都会谈到它的奇特。一个印度动物园主带着他的家人和动物，搭乘一艘日本货船移居加拿大，不幸海上遇险，货船沉没。最后只剩下两个幸存者，一个是园主的十六岁儿子帕特尔即少年派，另一个是一只名叫帕克的孟加拉虎，人虎共处于一只小小的救生艇，在无边的大海上漂流了二百二十七天。故事的主体部分便围绕着海上生存和驯虎展开。

在遭遇巨大灾难时，一般人的最初反应是不相信，幻想奇迹出现，自己一定能获救。帕特尔也是如此，不过他很快绝望了，而生存的努力正是从绝望开始的。对于失事的人来说，最致命的错误是抱的希望太大，做的事却太少。帕特尔明白了这一点，他让自己不停地忙碌，甚至不再计算天数，忘记了时间概念本身。不要去想未来，就把漂流当作唯一可能的生活吧，这样反而有勇气活下去了。

身陷任何一种绝境，只要还活着，就必须把绝境也当作一种生活，接受它的一切痛苦，也不拒绝它仍然可能有的任何微小的快乐。作者打了一个确切的比方：失事后的生活就像象棋残局，没有几个棋子，输赢不能再多了，可是你仍能从每一步赢棋中获取快乐。你到了地狱底层，仍面带微笑，为什么？因为在你脚下有一条可供充饥的小小的死鱼。总之，“无论生活以怎样的方式向你走来，你都必须接受它，尽可能地享受它。”

海上漂流的生活时常是乏味和恐惧的交替。大海是一个不变的圆圈，时间永无尽头，其单调使人陷入类似昏迷的漠然状态。大海又反复无常，随时变得狂暴，使人恐惧得要发疯。这两种情绪还彼此渗透，乏味下潜伏着恐惧，恐惧时仍感觉乏味。叔本华曾用海上漂流来譬喻人的生存。在本质上，我们每个人都孤独地漂流在人生的大海上，对生的乏味和死的恐惧也都多少有所领略。

关于恐惧，帕特尔有一个很好的体会：恐惧是生命真正的对手，必须努力把它表达出来，用语言的光辉照亮它。如果逃避它，让它躲在无语的黑暗中，它就更容易把你打败。我相信我们也应该这样对付死的恐惧。

身处绝境之中，最忌讳的是把绝境与正常生活进行对比，认为它不是生活，这样会一天也忍受不下去。如果要作对比，干脆放大尺度，把自己的苦难放到宇宙的天平上去称一称。漂流在海上，帕特尔很自然地感受到了这种对比。夜晚，天空明净，月轮清晰，星星闪烁，海静静地躺着，他觉得自己仿佛看见了整个宇宙。于是——“我第一次注意到，我的痛苦是在一个宏伟庄严的环境中发生的。我从痛苦本身去看待它，认为它是有限的、不重要的，而我是静止不动的。”生命不过是通向广袤无垠的一个小小的窥孔，既然已经看到了广袤无垠，就别再在乎有没有这个窥孔了。看见宇宙便是融入宇宙，心境发生了根本的改变。面对宇宙，一个生命连同它的痛苦实在微不足道，可以忽略不计。

海上生存已是难事，况且还要对付那头老虎。然而，既出乎我们意料又令我们信服的是，恰恰是这头老虎，成了促使帕特尔活下来的救星。如果没有帕克，他将独自面对绝望，那是比老虎更可怕的敌人。他和帕克似乎成了相依为命的伙伴。

可是，请不要以为我们看到了一个人兽相爱的浪漫童话，结束的场景无情地粉碎了这个错觉。船终于漂到了大陆，帕克跃向岸上，它的身体在帕特尔头顶上方的空中伸展开来，仿佛一道飞逝的毛茸茸的彩虹。它径直走向丛林，没有看帕特尔一眼。这一段描写十分精彩，我们又一次感到意外，同时立刻感到无比真实。其实，在作者笔下，帕克始终是一头猛兽，最后仍是如此，产生错觉的是我们，当然，还有帕特尔。他哭了，无法理解在经历了漫长而艰险的共患难之后，帕克怎么能如此无所谓地离他而去，甚至不回头看他一眼。

故事到此已经结束，但更大的意外还在后面。日本

来人调查货船失事经过，帕特尔给出了另一个版本：沉船之后，幸存者其实是四个人，除他之外，还有他母亲、一个厨师、一个水手，并没有动物。饥饿驱使厨师杀食了水手和他母亲，既然只有他活下来了，显然他又杀食了厨师。那么，看来动物的故事是他编造出来以掩盖可怕的真相的，其实鬣狗是厨师，斑马是水手，猩猩是他母亲，而老虎就是他自己。

哪一个版本是真的？作者没有这么问，而是让帕特尔问调查员："哪一个故事更好？"调查员答："有动物的故事更好。"帕特尔说："谢谢。和上帝的意见一致。"我们不禁想起了小说的开头，在那里，作者告诉我们，他是从一个印度老人那里听到这个有动物的故事的，当时老人对他说："我有一个故事，它能让你相信上帝。"听完了故事，我们相信上帝了吗？也许，但仅在一个意义上，即上帝是一个必要的寓言。在全书的一头一尾，作者都谈到了动物和宗教。失事之前，在印度，帕特尔一面被父亲引领着认识动物园里猛兽的残忍习性，一面相当搞笑的同时成了三种不同宗教的狂热信徒。失事之后，到了加拿大，帕特尔成了一个大学生，专业是动物学和宗教学。我的理解是，动物学是人的生存的现实，宗教学是人的生存的寓言。在极端残酷的生存斗争中，人成了赤裸裸的动物。可是，上帝不喜欢这样，他把兽性的故事给了动物，而把人性的故事给了我们。我们需要上帝这个寓言，当然不只是为了掩饰我们的兽性，更是为了对我们的人性怀有信心。

企业家式的能力

读哈耶克的著作，常常会感觉到一种挑战，对我一向具有的某些信念的挑战。由此又引起我的反省，反省的结果往往是，我承认有必要对我的信念进行修正。这里谈谈其中的一例。

在现实生活中，我经常发现这样的例子：有一些很有才华的人在社会上始终不成功，相反，有一些资质平平的人却为自己挣得了不错的地位和财产。这个对比使我感到非常不公平，并对前者寄予同情。据我分析，之所以出现这种情形，一个重要原因是前者不善于经营自我，而后者善于。在我的概念中，所谓善于经营自我无非是善于利用人际关系和利用机会为自己谋利，几乎与钻营是同义语，一向为我所鄙夷。我看重真才实学，而认为这种经营自我的能力绝不属于真才实学，并且是有真才实学的人所不屑的。

然而，哈耶克对这种能力给予了充分肯定。他称这种能力为“企业家式的能力”，其特征是善于恰当使用自己既有的能力，为之发现获得最佳运用的机会。他认为，在发现自己能力的最佳用途上，人人都应该是企业家。一个人的成功不是取决于自己既有的才能、知识、技术等等，而是取决于能否成功地将它们转换成“对其他有能力作出回报的人有用的具体的服务”，这正是自由社会的本质之所在。说白了，就是要善于推销自己，为自己找到最好的市场，卖出最好的价钱。

这个论点无疑直接触犯了我一贯的道德信念，因此我阅读时在旁边打上了问号。但是，经过仔细思考，我不得不信服于哈耶克的论证的逻辑力量。哈耶克也承认，由于企业家式的能力之强弱，造成某一特殊能力相同的人之间报酬悬殊，这种情况被视为不公，引起了极大不满。同时，每个

人必须为自己的才能去寻求市场，必然面临风险和不确定性，也就把大多数人置于压力之下，“这是一个自由社会加诸我们的最为严格的也是最为残酷的要求”。但是，哈耶克认为，让每个人自己承担寻求机会的压力是必要的。他的一个最有说服力的论据是，在自由社会中，才智不是特权，任何人无权强制别人使用他的才智，因为这意味着剥夺了别人的选择权利。而且，如果根据才能而不是根据使用才能的有用结果来决定报酬，便意味着必须有某个权力者对才能的等级进行裁决，这必定会导致专制。因此，“如果想替代那种对自己的命运负责而导致的压力，那么可供选择的就只有那种人们必须服从的个人命令所产生的令人更为厌恶的压力”。

的确，我们对这种“令人更为厌恶的压力”记忆犹新。在计划经济体制下，我们每个人的地位和报酬是由权力机构决定的，往往还是由某个直接上司的个人意志决定的。决定的依据在名义上是能力以及被荒谬地等同于能力的资历，事实上掺杂了许多别的因素，包括政治表现、个人恩怨等等。而且，与计划经济配套的人事制度又把我们紧紧地捆绑在某一个单位里，使我们没有哪怕只是选择同样有权决定我们命运的稍微开明一些的上司的自由。在那种情形下，我们诚然无须承受对自己的命运负责的压力，因为我们的命运完全不在自己的掌握之中，可是，正因为如此，我们所承受的不公正远比现在严重、可恶而且令人绝望。

当然，在市场经济体制下，也非事事皆公正。譬如说，我仍然认为，人的能力的性质和发展方向是不同的，必然有一些在某方面很有才能的人却难以学会那种企业家式的能力，让他们因此陷入困境肯定是一种不公正。但是，只要我们坚持市场经济，这种情形就不可能完全避免。

市场经济只承认在市场上得到实现的价值，这一条不能改变，否则就不是市场经济了。除了计划经济和市场经济，我们没有别的选择，只能两害相权取其轻。

04

与身外遭遇 保持距离

苦难的精神价值

维克多·弗兰克是意义治疗法的创立者，他的理论已成为继弗洛伊德、阿德勒之后维也纳精神治疗法的第三学派。第二次世界大战期间，他曾被关进奥斯维辛集中营，受尽非人的折磨，九死一生，只是侥幸地活下来，在《活出意义来》这本小说中，他回顾了当时的经历。作为一名心理学家，尤能细致地捕捉和分析自己的内心体验以及其他受难者的心理现象，为研究受难心理学提供了极为生动的材料。不过，我在这里想着重谈的是这本书的另一个精彩之处，便是对苦难的哲学思考。

对意义的寻求是人的最基本的需要，当这种需要找不到明确的指向时，人就会感到精神空虚。弗兰克称之为“存在的空虚”，这种情形普遍地存在于当今西方的“富裕社会”。当这种需要有明确的指向却不可能实现时，人就会有受挫之感，弗兰克称之为“存在的挫折”。这种情形发生在人生的各种逆境或困境之中。

寻求生命意义有各种途径，通常认为，归结起来无非一是创造，以实现内在精神能力和生命的价值；二是体验，借爱情、友谊、沉思，对大自然和艺术的欣赏等美好经历获得心灵的愉悦。那么，倘若一个人落入了某种不幸境遇，基本上失去了积极创造和正面体验的可能，他的生命是否还有一种意义呢？在这种情况下，人们一般是靠希望活着的，即相信或至少说服自己相信厄运终将过去，然后又能过一种有意义的生活。然而，第一，人生中会有一种可以称作绝境的境遇，所遭遇的苦难是致命的，人不复有未来，不复有希望，这正是弗兰克曾经陷入的境遇，因为对于奥斯维辛集中营的战俘来说，毒气室和焚尸炉几乎是不可逃脱的结局。如果苦难本身毫无价值，则一旦陷入此种境遇，我们就只好承认生活没有任何意义了。第二，不论苦难是否暂时的，如果把眼前的苦难生活仅仅当作一种虚幻不实的生活，就会如弗兰克所说忽略了苦难本身所提供的机会。他以狱中亲历指出，这种态度是使大多数俘虏丧失生命力的重要原因，他们正因此而放弃了内在的精神自由和真实自我，意志消沉，一蹶不振，彻底成为苦难环境的牺牲品。

所以，在创造和体验之外，有必要为生命意义的寻求指出第三种途径，即肯定苦难本身在人生中的意义。弗兰克是站在肯定人生的立场上来发现苦难的意义的。他指出，即使处在最恶劣的境遇中，人仍然拥有一种不可剥夺的精神自由，即可以选择承受苦难的方式。一个人不放弃他的这种“最后的内在自由”，以尊严的方式承受苦难，这种方式本身就是“一项实实在在的内在成就”，因为他所显示的不只是一种个人品质，而且是整个人性的高贵和尊严，证明了这种尊严比任何苦难更有力，是世间任何力量不能将它剥夺的。正是由于这个原因，在人类历史上，伟大的受难者如同伟大的创造者一样受到世世代代的敬仰。也正是在这个意义上，陀思妥耶夫斯基说出这句耐人寻味的话：“我只是担心一件事，就是怕我配不上我所受的苦难。”

我无意颂扬苦难。如果允许选择，我宁愿要平安的生活，得以自由自在地创造和享受，但是，我赞同弗兰克的见解，相信苦难的确是人生的必含内容，一旦遭遇，它也的确提供了一种机会。人性的某些特质，唯有借此机会才能得到考验和提高。一个人通过承受苦难而获得的精神价值是一笔特殊的财富，由于它来之不易，就决不会轻易丧失。而且当他带着这笔财富继续生活时，他的创造和体验都会有一种更加深刻的底蕴。

面对苦难

人生在世，免不了要遭受苦难。所谓苦难，是指那种造成了巨大痛苦的事件和境遇。它包括个人不可抗拒的天灾人祸，例如遭遇乱世或灾荒，患危及生命的重病乃至绝症，挚爱的亲人死亡，也包括个人在社会生活中的重大挫折，例如失恋、婚姻破裂、事业失败。有些人即使在这两方面运气都好，未尝吃大苦，却也无法避免那个一切人迟早要承受的苦难——死亡。因此，如何面对苦难，便是摆在每个人面前的重大人生课题。

人们往往把苦难看作人生中纯粹消极的、应该完全否定的东西。当然，苦难不同于主动的冒险，冒险有一种挑战的快感，而我们忍受苦难总是迫不得已的。但是，作为人生的消极面的苦难，它在人生中的意义总是完全消极的吗？

苦难与幸福是相反的东西，但它们有一个共同之处，就是都直接和灵魂有关，并且都牵涉到对生命意义的评价。在通常情况下，我们的灵魂是沉睡着的，一旦我们感到幸福或遭到苦难时，它便醒来了。如果说幸福是灵魂的巨大愉悦，这愉悦源自对生命的美好意义的强烈感受，那么，苦难之为苦难，正在于它撼动了生命的根基，打击了人对生命意义的信心，因而使灵魂陷入了巨大痛苦。生命意义仅是灵魂的对象，对它无论是肯定还是怀疑、否定，只要是真切的，就必定是灵魂在出场。外部的事件再悲惨，如果它没有震撼灵魂，不成为一个精神事件，就称不上是苦难。一种东西能够把灵魂震醒，使之处于虽然痛苦却富有生机的紧张状态，应当说必具有某种精神价值。

多数时候，我们是生活在外部世界上。我们忙于琐碎的日常生活，忙于工作、交际和娱乐，难得有时间想一想自己，也难得有时间想一想人生。可是，当我们遭到厄运时，我们忙碌的身子停了下来。厄运打断了我们所习惯的生活，同时也提供了一个机会，迫使我们与外界事物拉开了一个距离，回到了自己。只要我们善于利用这个机会，肯于思考，就会对人生获得一种新眼光。

古罗马哲学家认为逆境启迪智慧，佛教把对苦难的认识看作觉悟的起点，都自有其深刻之处。人生固有悲剧的一面，对之视而不见未免肤浅。当然，我们要注意不因此而看破红尘。我相信，一个历尽坎坷而仍然热爱人生的人，他胸中一定藏着许多从痛苦中提炼的珍宝。

苦难不仅提高我们的认识，而且也提高我们的人格。苦难是人格的试金石，面对苦难的态度最能表明一个人是否具有内在的尊严。譬如失恋，只要失恋者真心爱那个弃他而去的人，他就不可能不感到极大的痛苦。但是，同为失恋，有的人因此自暴自弃，萎靡不振；有的人为之反目为仇，甚至行凶报复；有的人则怀着自尊和对他人感情的尊重，默默地忍受痛苦，其间便有人格上的巨大差异。当然，每个人的人格并非一成不变的，他对痛苦的态度本身也在铸造着他的人格。不论遭受怎样的苦难，只要他始终警觉着他拥有采取何种态度的自由，并勉励自己以一种坚忍高贵的态度承受苦难，他就比任何时候都更加有效地提高着自己的人格。

凡苦难都具有不可挽回的性质。不过，在多数情况下，这只是指不可挽回地丧失了某种重要的价值，但同

时人生中毕竟还存在着别的一些价值，它们鼓舞着受苦者承受眼前的苦难。譬如说，一个失恋者即使已经对爱情根本失望，他仍然会为了事业或为了爱他的亲人活下去。但是，世上有一种苦难，不但本身不可挽回，而且意味着其余一切价值的毁灭，因而不可能从别的方面汲取承受它的勇气。在这种绝望的境遇中，如果说承受苦难仍有意义，那么，这意义几乎唯一地就在于承受苦难的方式本身了。

第二次世界大战时，有一个名叫弗兰克的人被关进了奥斯维辛集中营。凡是被关进这个集中营的人几乎没有活着出来的希望，等待着他们的是毒气室和焚尸炉。弗兰克的父母、妻子、哥哥确实都遭到了这种厄运。但弗兰克极其偶然地活了下来，他写了一本非常感人的书讲他在集中营里的经历和思考。

在几乎必死的前景下，他之所以没有被集中营里非人的苦难摧毁，正是因为他从承受苦难的方式中

找到了生活的意义。他说得好：以保持尊严的方式承受苦难，这是一项实实在在的内在成就，因为它证明了人在任何时候都拥有不可剥夺的精神自由。事实上，我们每个人都终归要面对一种没有任何前途的苦难，那就是死亡，而以保持尊严的方式承受死亡的确是我们精神生活的最后一项伟大成就。

苦难与人的素质

1

领悟悲剧也须有深刻的心灵，人生的险难关头最能检验一个人的灵魂深浅。有的人一生接连遭到不幸，却未尝体验过真正的悲剧情感。相反，表面上一帆风顺的人也可能经历巨大的内心悲剧。

2

欢乐与欢乐不同，痛苦与痛苦不同，其间的区别远远超过欢乐与痛苦的不同。

3

对于沉溺于眼前琐屑享受的人，不足与言真正的欢乐。对于沉溺于眼前琐屑烦恼的人，不足与言真正的痛苦。

4

我相信人有素质的差异。苦难可以激发生机，也可以扼杀生机；可以磨炼意志，也可以摧垮意志；可以启迪智慧，也可以蒙蔽智慧；可以高扬人格，也可以贬抑人格——全看受苦者的素质如何。素质大致规定了一个人承受苦难的限度，在此限度内，苦难的锤炼或可助人成材，超出此则会把人击碎。

这个限度对幸运同样适用。素质好的人既能承受大苦难，也能承受大幸运，素质差的人则可能兼毁于两者。

5

痛苦是性格的催化剂，它使强者更强，弱者更弱，暴者更暴，柔者更柔，智者更智，愚者更愚。

6

知道痛苦的价值的人，不会轻易向别人泄露和展示自己的痛苦，哪怕是最亲近的人。

7

喜欢谈论痛苦的往往是不识愁滋味的少年，而饱尝人间苦难的老年贝多芬却唱起了《欢乐颂》。

8

在多数情况下，同情伤害了痛苦者的自尊。如果他是强者，你把他当弱者来同情，是一种伤害。如果他是弱者，你的同情只会使他更不求自强，也是一种伤害。

9

佛的智慧把爱当作痛苦的根源而加以弃绝，扼杀生命的意志。我的智慧把痛苦当作爱的必然结果而加以接受，化为生命的财富。

10

一种西方的哲学教导我们趋乐避苦。一种东方的宗教教导我们摆脱苦与乐的轮回。可是，真正热爱人生的人把痛苦和快乐一齐接受下来。

11

对于一个视人生感受为最宝贵财富的人来说，欢乐和痛苦都是收入，他的账本上没有支出。这种人尽管敏感，却有很强的生命力，因为在他眼里，现实生活中的祸福得失已经降为次要的东西，命运的打击因心灵的收获而得到了补偿。陀思妥耶夫斯基在赌场上输掉的，却在他描写赌徒心理的小说中极其辉煌地赢了回来。

12

快感和痛感是肉体感觉，快乐和痛苦是心理现象，而幸福和苦难则仅仅属于灵魂。幸福是灵魂的叹息和歌唱，苦难是灵魂的呻吟和抗议，在两者中凸现的是对生命意义的或正或负的强烈体验。

幸福是生命意义得到实现的鲜明感觉。一个人在苦难中也可以感觉到生命意义的实现乃至最高的实现，因此苦难与幸福未必是互相排斥的。但是，在更多的情况下，人们在苦难中感觉到的却是生命意义的受挫。我相信，即使是这样，只要没有被苦难彻底击败，苦难仍会深化一个人对于生命意义的认识。

与身外遭遇保持距离

1

世上种种纷争，或是为了财富，或是为了教义，不外乎利益之争和观念之争。当我们身在其中时，我们不免很看重。但是，我们每一个人都迟早要离开这个世界，并且绝对没有返回的希望。在这个意义上，我们不妨也用鲁滨逊的眼光来看一看世界，这会帮助我们分清本末。我们将发现，我们真正需要的物质产品和真正值得我们坚持的精神原则都是十分有限的，在单纯的生活中包含着人生的真谛。

2

我们平时斤斤计较于事情的对错，道理的多寡，感情的厚薄，在一位天神的眼里，这种认真必定是很可笑的。

3

在大海边，在高山上，在大自然之中，远离人寰，方知一切世俗功利的渺小，包括“文章千秋事”和千秋的名声。

4

外在遭遇受制于外在因素，非自己所能支配，所以不应成为人生的主要目标。真正能支配的唯有对一切外在遭遇的态度。内在生活充实的人仿佛有另一个更高的自我，能与身外遭遇保持距离，对变故和挫折持适当态度，心境不受尘世祸福沉浮的扰乱。

5

事情对人的影响是与距离成反比的，离得越近，就越能支配我们的心情。因此，减轻和摆脱其影响的办法就是寻找一个立足点，那个立足点可以使我们拉开与事情之间的距离。如果那个立足点仍在人世间，与事情拉开了一个有限的距离，我们便会获得一种明智的态度。如果那个立足点被安置在人世之外，与事情隔开了一个无限的距离，我们便会获得一种超脱的态度。

6

“距离说”对艺术家和哲学家是同样适用的。理解与欣赏一样，必须同对象保持相当的距离，然后才能观其大体。不在某种程度上超脱，就决不能对人生有深刻见解。

7

物质的、社会的、世俗的苦恼太多，人就无暇有存在的、哲学的、宗教的苦恼。日常生活中的琐屑限制太多，人就不易感觉到人生的大限制。我不知道这值得庆幸，还是值得哀怜。

8

纷纷扰扰，全是身外事。我能够站在一定的距离外来看待我的遭遇了。我是我，遭遇是遭遇。惊浪拍岸，卷起千堆雪。可是，岸仍然是岸，它淡然观望着变幻不定的海洋。

9

无论你多么热爱自己的事业，也无论你的事业是什么，你都要为自己保留一个开阔的心灵空间，一种内在的从容和悠闲。唯有在这个心灵空间中，你才能把你的事业作为你的生命果实来品尝。如果没有这个空间，你永远忙碌，你的心灵永远被与事业相关的各种事务所充塞，那么，不管你在事业上取得了怎样的外在成功，你都只是损耗了你的生命而没有品尝到它的果实。

苦难中的智慧

1

人生的重大苦难都起于关系。对付它的方法之一便是有意识地置身在关系之外，和自己的遭遇拉开距离。例如，在失恋、亲人死亡或自己患了绝症时，就想一想恋爱关系、亲属关系乃至自己的生命的纯粹偶然性，于是获得一种类似解脱的心境。佛教的因缘说庶几近之。然而，毕竟身在其中，不是想跳就能跳出来的。无我的空理易明，有情的尘缘难断。认识到因缘的偶然是一回事，真正看破因缘又是一回事。

所以，佛教要建立一套烦琐复杂的戒律，借以把它的哲学观念转化为肉体本能。

2

着眼于过程，人生才有幸福或痛苦可言。以死为背景，一切苦乐祸福的区别都无所谓了。因此，当我们身在福中时，我们尽量不去想死的背景，以免破坏眼前的幸福。一旦苦难临头，我们又尽量去想死的背景，以求超脱当下的苦难。

3

生命连同它的快乐和痛苦都是虚幻的——这个观念对于快乐是一个打击，对于痛苦未尝不是一个安慰。用终极的虚无淡化日常的苦难，用彻底的悲观净化尘世的哀伤，这也许是悲观主义的智慧吧。

4

面对苦难，我们可以用艺术、哲学、宗教的方式寻求安慰。在这三种场合，我们都是在想象中把自我从正在受苦的肉身凡胎中分离出来，立足于一个安全的位置上，居高临下地看待苦难。

5

艺术家自我对肉身说：你的一切遭遇，包括你正遭受的苦难，都只是我的体验。人生不过是我借造化之笔写的一部大作品，没有什么不可化作它的素材。我有时也许写得很投入，但我不会忘记，作品是作品，我是我，无论作品的某些章节多么悲惨，我依然故我。

哲学家自我对肉身说：我站在超越时空的最高处，看见了你所看不见的一切。我看见了你身后的世界，在那里你不复存在，你生前是否受过苦还有何区别？在我无边广阔的视野里，你的苦难稍纵即逝，微不足道，不值得为之动心。

宗教家自我对肉身说：你是卑贱的，注定受苦，而我将升入天国，永享福乐。

但正在受苦的肉身忍无可忍了，它不能忍受对苦难的贬低甚于不能忍受苦难，于是怒喊道：“我宁愿绝望，不要安慰！”

一切偶像都沉默下来了。

6

离一种灾祸愈远，我们愈觉得其可怕，不敢想象自己一旦身陷其中会怎样。但是，当我们真的身陷其中时，犹如落入台风中心，反倒有了一种意外的平静。

7

越是面对大苦难，就越要用大尺度来衡量人生的得失。在岁月的流转中，人生的一切祸福都是过眼烟云。在历史的长河中，灾难和重建乃是寻常经历。

8

不幸对一个人的杀伤力取决于两个因素，一是不幸的程度，二是对不幸的承受力。其中，后者更关键。所以古希腊哲人说：不能承受不幸本身就是最大的不幸。

承受不幸不仅是一种能力，来自坚强的意志，更是一种觉悟，来自做人的尊严、与身外遭遇保持距离的智慧，以及超越尘世遭遇的信仰。

9

任何智慧都不能使我免于痛苦，我只愿有一种智慧足以使我不毁于痛苦。

10

人生最无法超脱的悲苦正是在细部，哲学并不能使正在流血的伤口止痛，对于这痛，除了忍受，我们别无办法。但是，我相信，哲学、宗教所启示给人的那种宏

观的超脱仍有一种作用，就是帮助我们把自己从这痛中分离出来，不让这痛把我们完全毁掉。

幽默是心灵的微笑

1

幽默是凡人而暂时具备了神的眼光，这眼光有解放心灵的作用，使人得以看清世间一切事情的相对性质，从而显示了一切执着态度的可笑。

2

有两类幽默最值得一提。一是面对各种偶像尤其是道德偶像的幽默，它使偶像的庄严在哄笑中化作笑料。然而，比它更伟大的是面对命运的幽默，这时，人不再是与地上的假神开玩笑，而是直接与天神开玩笑。一个在最悲惨的厄运和苦难中仍不失幽默感的人的确是更有神性的，他借此而站到了自己的命运之上，并以此方式与命运达成了和解。

3

幽默是心灵的微笑。最深刻的幽默是一颗受了致命伤的心灵发出的微笑。受伤后衰竭、麻木、怨恨，这样的心灵与幽默无缘。幽默是受伤的心灵发出的健康、机智、宽容的微笑。

4

幽默是一种轻松的深刻。面对严肃的肤浅，深刻露出了玩世不恭的微笑。

5

幽默是智慧的表情，它教不会，学不了。有一本杂志声称它能教人幽默，从而轻松地生活。我不曾见过比这更缺乏幽默感的事情。

6

幽默是对生活的一种哲学式态度，它要求与生活保持一个距离，暂时以局外人的眼光来发现和揶揄生活中的缺陷。毋宁说，人这时成了一个神，他通过对人生缺

人性

每个人身上都藏着人性的秘密，都可以通过认识自己来认识人性。事实上，自古至今，一切伟大的人性认识者都是真诚的反省者，他们无情地把自己当作标本，借之反而对人性有了深刻而同情的理解。

陷的戏侮而暂时摆脱了这缺陷。

也许正由于此，女人不善幽默，因为女人是与生活打成一片的，不易拉开幽默所必需的距离。

7

有超脱才有幽默。在批评一个无能的政府时，聪明的政客至多能讽刺，老百姓却很善于幽默，因为前者觊觎着权力，后者则完全置身在权力斗争之外。

8

幽默源自人生智慧，但有人生智慧的人不一定是善于幽默的人，其原因大概在于，幽默同时还是一种才能。然而，倘若不能欣赏幽默，则不仅是缺乏才能的问题了，肯定也暴露了人生智慧方面的缺陷。

9

自嘲就是居高临下地看待自己的弱点，从而加以宽容。自嘲把自嘲者和他的弱点分离开来了，这时他仿佛站到了神的地位上，俯视那个有弱点的凡胎肉身，用笑声表达自己凌驾其上的优越感。

但是，自嘲者同时又明白并且承认，他终究不是神，那弱点确实是他自己的弱点。

所以，自嘲混合了优越感和无奈感。

通过自嘲，人把自己的弱点变成了特权。对于这特权，旁人不但不反感，而且乐于承认。

傻瓜从不自嘲。聪明人嘲笑自己的失误。天才不仅嘲笑自己的失误，而且嘲笑自己的成功。看不出人间一切成功之可笑的人，终究还是站得不够高。

10

幽默和嘲讽都包含某种优越感，但其间有品位高下之分。嘲讽者感到优越，是因为他在别人身上发现了一种他相信自己绝不会有的弱点，于是发出幸灾乐祸的冷笑。幽默者感到优越，则是因为他看出了一种他自己也不能幸免的人性的普遍弱点，于是发出宽容的微笑。

11

幽默的前提是一种超脱的态度，能够俯视人间的一切是非包括自己的弱点。嘲讽却是较着劲的，很在乎自己的对和别人的错。

12

讽刺与幽默不同。讽刺是社会性的，幽默是哲学性的。讽刺入世，与被讽刺对象站在同一水准上，挥戈相向，以击伤对手为乐。幽默却源于精神上的巨大优势，居高临下，无意伤人，仅以内在的优越感自娱。讽刺针对具体的人和事，幽默则是对人性本身必不可免的弱点发出宽容的也是悲哀的微笑。

13

在这个世界上，人倘若没有在苦难中看到好玩、在正经中看到可笑的本领，怎么能保持生活的勇气！

人生

1

人生中的大问题都是没有答案的，但是，唯有思考这些问题的人才可能真正拥有自己的生活信念和生活准则。

2

人生中有些事情很小，但可能给我们造成很大的烦恼，因为离得太近。人生中有些经历很重大，但我们当时并不觉得，也因为离得很近。距离太近时，小事也会显得很大，使得大事反而显不出大了。隔开一定距离，事物的大小就显出来了。

我们走在人生的路上，遇到的事情是无数的，其中多数非自己所能选择，它们组成了我们每一阶段的生活，左右着我们每一时刻的心情。我们很容易把正在遭遇的每一件事情都看得十分重要。然而，事过境迁，当我们回头看走过的路时便会发现，人生中真正重要的事情是不多的，它们奠定了我们的人生之路的基本走向，而其余的事情不过是路边的一些令人愉快或不愉快的小景物罢了。

3

人生中一切美好的时刻，我们都无法留住。人人都生活在流变中，人人的生活都是流变。那么，一个人的生活是否精彩，就并不在于他留住了多少珍宝，而在于他有过多少想留而留不住的美好的时刻，正是这些时刻组成了他的生活中的流动的盛宴。留不住当然是悲哀，从来没有想留住的珍宝却是更大的悲哀。

4

既然一切美好的价值都会成为过去，我们就必须承认过去的权利，过去不是空无，而是一切美好价值存在的唯一可能的形式。

世上事了犹未了，又何必了。这种心境，完全不是看破红尘式的超脱，而更像是一种对人生悲欢的和解和包容。

5

人心中应该有一些有分量的东西，使人沉重的往事是不会流失的。

6

人生有千百种滋味，品尝到最后，都只留下了一种滋味，就是无奈。生命中的一切花朵都会凋谢，一切凋谢都不可挽回，对此我们只好接受。我们不得不把人生的一切缺憾随同人生一起接受下来，认识到了这一点，我们心中就会产生一种坦然。无奈本身包含不甘心的成分，可是，当我们甘心于不甘心，坦然于无奈，对无能为力的事情学会了无所谓，无奈就成了一种境界。

7

我们平时斤斤计较于事情的对错，道理的多寡，感情的厚薄，在一位天神的眼里，这种认真必定十分可笑。

8

我相信，终年生活在大自然中的人，是会对一草一木产生感情的，他会与它们熟识，交谈，会惦记和关心它们。大自然使人活得更真实也更本质。

9

人在世界上行走，在时间中行走，无可奈何地迷失在自己的行走之中。他无法把家乡的泉井带到异乡，把童年的彩霞带到今天，把 18 岁生日的烛光带到 40 岁的生日。不过，那不能带走的东西未必就永远丢失了。也许他所珍惜的所有往事都藏在某个人迹不至的地方，在一个意想不到的时刻，其中一件或另一件会突然向他显现，就像从前的某一片烛光突然在记忆的夜空中闪亮。

10

我们不妨站到上帝的位置上看自己的尘世遭遇，但是，我们永远是凡人而不是上帝。所以，每一个人的尘世遭遇对于他自己仍然具有特殊的重要性。

11

“祸兮福之所倚，福兮祸之所伏。”老子如是说。

既然祸福如此无常，不可预测，我们就应该与这外在的命运保持一个距离，做到某种程度的不动心，走运时不得意忘形，背运时也不丧魂落魄。也就是说，在宏观上持一种被动、超脱、顺其自然的态度。

既然祸福如此微妙，互相包含，在每一具体场合，我们又非无可作为。我们至少可以做到，在幸运时警惕和防备那潜伏在幸福背后的灾祸，在遭灾时等待和争取那依傍在灾祸身上的转机。也就是说，在微观上持一种主动、认真、事在人为的态度。

12

虽然没有根据，但我确信每个人的寿命是一个定数，太不当心也许会把它缩短，太当心却不能把它延长。

13

死亡不是一个思考的对象。当我们自以为在思考死亡的时候，我们实际上所做的事情不是思考，而是别的，例如期望、相信、假设、想象、类比等等。

不过，我不反对这样做，因为对于死亡的真正思考是不可能的，我们除了用各种诗意的解说来鼓励自己之外，还能够怎样呢？

14

一个人预先置身于墓中，从死出发来回顾自己的一生，他就会具备一种根本的诚实，因为这时他面对的是自己和上帝。人只有在面对他人时才需要掩饰或撒谎，自欺者所面对的也不是真正的自己，而是自己在他人面前扮演的角色。

15

死亡是神秘的黑夜，生命如同黑夜里的一朵小小的烛光。它燃烧，照耀，突然被一阵风吹灭；或者，逐渐暗淡，终于慢慢地熄灭。

在另一个黑夜里，同一朵烛光会不会重新点燃？

也许，在天国里没有黑夜，只有光明，所有的烛光其实并未熄灭，只是回到了那永恒的光明中？

16

对于死亡，我也许不是想明白了，而是受了哲人们态度的熏陶，能够面对和接受了。

17

随着老年的到来，人的自我意识似乎会渐渐淡薄。死的可怕在于自我的寂灭，那么，自我意识的淡薄应该是一件好事了，因为它使人在麻木中比较容易接受死。

可是，问题在于：临死时究竟清醒好还是麻木好？

我无法回答这个问题。我的设想是，若是保持清醒的自我意识，死时肯定会更痛苦，但同时也会更自持，更尊严，更有气度。

18

恰恰是当一个人即将告别人世的时候，他与世界之间最有可能产生一种非常有价值的交流。这种死别时刻的精神交流几乎具有一种神圣的性质。一个人在大限面前很可能会获得一种不同的眼光，比平常更真实也更超脱。当然，前提是他没有被死亡彻底击败，仍能进行活泼的思考。有一些人是能够凭借自身内在的力量做到这一点的。就整个社会而言，为了使更多的人做到这一点，便有必要改变讳言死亡的陋习，形成一种生者与将死者一起坦然面对死亡的健康气氛。在这样的氛围中，将死者不再是除了等死别无事情可做，而是可以做他一生中最后一件有意义的事，便是成为一个哲学家。我这么说丝毫不是开玩笑，一个人不管他的职业是什么，他的人生的最后阶段都应该是哲学阶段。在这个阶段，死亡近在眼前，迫使他不得不面对这个最大的哲学问题。只要他能够正视和思考，达成一种恰当的认识和态度，他也就是一个事实上的哲学家了。

19

死有什么可思考的？什么时候该死就死，不就是一死？——可是，这种满不在乎的态度会不会也是一种矫情呢？

20

他兴奋了，不停地吸烟。烟有害于健康，会早死的！死？此时此刻，这是一个多么遥远而抽象的字眼。

21

从无中来，为何不能回到无中去？

05

相爱的人，要亲密有间

爱情不风流

有一个字，内心严肃的人最不容易说出口，有时是因为它太假，有时是因为它太真。

爱情不风流，爱情是两性之间最严肃的一件事。

调情是轻松的，爱情是沉重的。风流韵事不过是躯体的游戏，至多还是感情的游戏。可是，当真的爱情来临时，灵魂因恐惧和狂喜而战栗了。

爱情不风流，因为它是灵魂的事。真正的爱情是灵魂与灵魂的相遇，肉体的亲昵仅是它的结果。不管持续时间是长是短，这样的相遇极其庄严，双方的灵魂必深受震撼。相反，在风流韵事中，灵魂并不真正在场，一点儿小感情只是肉欲的佐料。

爱情不风流，因为它极认真。正因为此，爱情始终面临着失败的危险，如果失败又会留下很深的创伤，这创伤甚至可能终身不愈。热恋者把自己全身心投入对方并被对方充满，一旦爱情结束，就往往有一种被掏空的感觉。风流韵事却无所谓真正的成功或失败，投入甚少，所以退场也甚易。

爱情不风流，因为它其实是很谦卑的。“爱就是奉献”——如果除去这句话可能具有的说教意味，便的确是真理，准确地揭示了爱这种情感的本质。爱是一种奉献的激情，爱一个人，就会遏制不住地想为她（他）做些什么，想使她快乐，而且是绝对不求回报的。爱者的快乐就在这奉献之中，在他所创造的被爱者的快乐之中。最明显的例子是父母对幼仔的爱，推而广之，一切真爱均应如此。可以用这个标准去衡量男女之恋中真爱所占的比重，剩下的就只是情欲罢了。

爱情不风流，因为它需要一份格外的细致。爱是一种了解的渴望，爱一个人，就会不由自主地想了解她的一切，把她所经历和感受的一切当作最珍贵的财富接受

过来，精心保护。如果你和一个异性发生了很亲密的关系，但你并没有这种了解的渴望，那么，我敢断定你并不爱她，你们之间只是又一段风流因缘罢了。

爱情不风流，因为它虽甜犹苦，使人销魂也令人断肠，同时是天堂和地狱。正如纪伯伦所说——

“爱虽给你加冠，它也要把你钉在十字架上。它虽栽培你，它也刈剪你。”

“它虽升到你的最高处，抚惜你在日中颤动的枝叶。它也要降到你的根下，摇动你的根柢的一切关节，使之归土。”

所以，内心不严肃的人、内心太严肃而又被这严肃吓住的人、自私的人、懦弱的人、玩世不恭的人、饱经风霜的人，在爱情面前纷纷逃跑了。

所以，在这个人际关系日趋功利化、表面化的时代，真正的爱情似乎越来越少了。有人愤激地问我：“这年头，你可听说某某恋爱了，某某又失恋了？”我一想，果然少了，甚至带有浪漫色彩的风流韵事也不多见了。

在两性交往中，人们好像是越来越讲究实际，也越来越潇洒了。

也许现代人真是活得太累了，所以不愿再给自己加上爱情的重负，而宁愿把两性关系保留为一个轻松娱乐的园地。也许现代人真是看得太透了，所以不愿再徒劳地经受爱情的折磨，而宁愿不动感情地面对异性世界。然而，逃避爱情不会是现代人精神生活空虚的一个征兆吗？爱情原是灵肉两方面的相悦，而在普通的物欲躁动中，人们尚且无暇关注自己的灵魂，又怎能怀着珍爱的情意去发现和欣赏另一颗灵魂呢？

可是，尽管真正的爱情确实可能让人付出撕心裂肺的代价，却也会使人得到刻骨铭心的收获。逃避爱情的代价更大。就像一万部艳情小说也不能填补《红楼梦》的残缺一样，一万件风流韵事也不能填补爱情的空白。如果男人和女人之间不再信任和关心彼此的灵魂，肉体徒然亲近，灵魂终是陌生，他们就真正成了大地上无家可归的孤魂了。如果亚当和夏娃互相不再有真情甚至不再指望真情，他们才是真正被逐出了伊甸园。

爱情不风流，因为风流不过尔尔，爱情无价。

爱还是被爱？

桌上放着一封某杂志社转来的读者来信，信中提出了一个难题：在作婚姻的抉择时，究竟应该选择自己所爱的人，还是爱自己的人？换句话说，为了婚姻的幸福，爱和被爱何者更为重要？

对于这个问题，我可以不假思索地给出一个肯定正确无误的答复：爱和被爱同样重要，两者都是幸福婚姻的必不可少的条件。无论是和自己不爱的人结合，还是和不爱自己的人结合，都不可能真正感到幸福。

然而，这个正确的答复过于抽象，并不能切中具体的生活情境。事实上，一个人如果遇到了自己深爱同时也深爱自己的人，就不存在所谓抉择的问题了。难题的提出恰恰是因为没有遇到这样的理想对象，于是不得已退而求其次，只好在不甚理想的对象中间进行选择。鉴于现实中理想爱情的稀少，面临类似选择的情境差不多是生活的常态，所以这个问题有权得到认真地对待。

可是，当我试图认真思考这个问题时，我发现我完全没有能力给出一个答案。男女之间的情感纠缠，波谲云诡，气象万千，当局者固然迷，旁观者又何尝清？我至多只能说，如果你不得已退而求其次，你的退步也要适可而止。设有某君，你极爱他，但他完全不爱你，此君可以免谈。或者相反，他极爱你，但你完全不爱他，此君也可免谈。总之，如果一方完全无意，就绝不可勉强，因为即使勉强成事，结果可以预料是很悲惨的。不过，如果一方真的完全无意，其实也就不存在选择的问题了。纠缠的发生，选择的必要，往往是因为一方相当有意，另一方却在有意无意之间。也就是说，一方很爱另一方，而另一方则仅仅是比较喜欢这一方，所以仍能维持着一种纠缠的格局（别有所图者不在此论）。让我尝试着分析一下这种情况。

爱情受理想原则支配，婚姻受现实原则支配。爱情本身拥有一种盲目的力量，会使人不顾一切地追求心目中的偶像。所以，当一个人考虑是否要与不太爱自己的或自己不太爱的人结婚时，她（他）已经在受现实原则支配了。理想原则追求的是幸福（事实上未必能追求到），现实原则要求避免可预见的不幸（结果往往也就不会太不幸）。

可以用两个标准来衡量婚姻的质量，一是它的爱情基础，二是它的稳固程度。这两个因素之间未必有因果关系，所谓“佳偶难久”，热烈的爱情自有其脆弱的方面，而婚姻的稳固往往更多地取决于一些实际因素。两者俱佳，当然是美满姻缘。然而，如果其中之一甚强而另一稍弱，也就算得上是成功的婚姻了。以此而论，双方中只有一方深爱而另一方仅是喜欢，但在婚姻的稳固性方面条件有利，例如双方性格能够协调或互补，则此种结合仍可能有良好前景，而在长久婚姻生活中生长起来的亲情也将弥补爱情上的先天不足。当然，双方爱情的不平衡本身是一个不利于稳固性的因素，而其不利的程度取决于不平衡的程度和当事人的禀性。感情差距悬殊，当然不宜结合。

在差距并不悬殊的情况下，如果爱得热烈的那一方嫉妒心强，非常在乎被爱，或者不太投入的那一方生性浪漫，渴望轰轰烈烈爱一场，则也都不宜结合，因为明摆着迟早会发生不可调和的冲突。所以，在选择一个你很爱但不太爱你的人时，你当自问，你是否足够大度，或对方是否足够安分。在选择一个很爱你但你不太爱的人时，你当自问，你是否足够安分，或对方是否足够大度。如果答案是否定的，你当慎行。如果答案是肯定的，你就不妨一试。你这样做仍然是冒着风险的，可是，在任何情况下，包括在彼此因热烈相爱而结合的情况下，婚姻都不可能除去它所固有的冒险的成分。明白了这个道理，你就不会太苛求婚姻，那样反而更有希望使它获得成功了。

爱和被爱同是人的情感需要，悲剧在于两者常常发生错位，爱上了不爱已者，爱已者又非已所爱。人在爱时都太容易在乎被爱，视为权利，在被爱时又都太容易看轻被爱，受之当然。如果反过来，有爱心而不求回报，对被爱知珍惜却不计较，人就爱得有尊严、活得有气度了。说到底，人生在世，真正重要的事情是如何做人，与之相比，与谁一起过日子倒属于比较次要的事情。不过，这已经是题外话了。

亲密有间

我一直主张相爱的人要亲密有间，而不要亲密无间，即使结了婚，两个人之间仍应保持必要的距离。所谓必要的距离，是指各人仍应是独立的个人，并把对方作为独立的个人予以尊重。

有个简单的道理是，两个人无论多么相爱，仍然是两个不同的个体，不可能变成同一个人。另一个稍微复杂一点的道理是，即使可能，两个人变成一个人也是不可取的。

我们常常发现，在比较和谐的结合中，由于长时间的耳鬓厮磨，互相熏陶，夫妻二人的思想方式和行为方式会日益趋同，甚至长相也会变得相像。这当然不一定是坏事，可以视为婚姻稳固的表征。不过，如果你的心灵足够敏感，你就会对这种情形产生一点儿警惕。个人的独特是一切高质量的结合的基础，差异的磨灭也许意味着某些重要价值在不知不觉中被损失掉了。

家庭生活本身具有一种把两个人捆绑在一起的自然趋势，因此，要保持那个必要的距离谈何容易。我能够想出的对策是，套用政治学的术语，在家庭也划分出一个双方一致同意的私域。也就是说，在必须共同承担的家庭责任之外，各人拥有属于自己的领域，在此私域中享有个人自由，彼此不予干涉。这个私域的范围，不外乎两个方面，一是个人的精神生活，例如独处、写私人日记、发展个人爱好；二是个人的社会交往，例如交共同的朋友圈子之外的朋友，包括交异性朋友。当然，个人在私域中必须遵守一般规则，政治学的这个原理在这里也是适用的。所以，诸如养“小蜜”、包“二奶”之类的自由是不能允许的，因为它们违背了婚姻的一般规则。

我曾经设想过，如果条件许可，最好是夫妻两人各自有自己的居所，居住有分有合。在约定的分居时间之内，互相都不能干扰，这个办法能够最大限度保证每一个人的自由空间。听到我这一番设想，可能会有人表示担心：如果真是这样，会不会导致家庭关系松散，甚至会解体？我当即申明：我的设想是有一个前提的，就是夫妻之间婚姻爱情的基础非常良好，而且双方都具有自律、自觉性。尽管如此，我的确不能否认可能出现的危险。问题在于，在任何情形下，都不存在万无一失的办法以确保一个婚姻绝对安全。在一切办法中，捆绑肯定是最糟糕的一种，其结果只有两种可能：或者是成全了一个缺乏生机的平庸的婚姻，或者是一方或双方不甘平庸而使婚姻终于破裂。

其实，爱侣之间用什么方式来保持必要的距离，分寸如何掌握，都是因人而异的，不存在一个普遍适用的方案。我想强调的只是，一定要有保持距离的觉悟。从根本上说，这也是互相尊重对方的独立人格的觉悟。

唯有亲密有间，家庭才能既成为亲密生活的共同体，又成为一个个性自由发展的场所。我相信，这样的家庭会更生机勃勃、更令人心情舒畅，因而在总体上也必然会更加稳固。

可能性的魅力

世上再动人的爱情，再美满的婚姻，也都是偶然性的产物。在茫茫人海里，两人相遇了，这相遇是靠了不知多少人力无法支配的因素凑成的，只要其中一个因素变化，你们很可能就失之交臂。而你们没有遇到这个他（她），你一定还会遇到另一个他（她），生发出另一段也许同样美好甚至更美好的姻缘来。

那么，现在，在你们已经相遇之后，你就不会遇到另一个他（她）了吗？当然不。从理论上讲，在另一性别的广阔世界里，适合于你的异性肯定不是少数，而你始终有着与他们之中某一个或某一些人相遇的可能性。那么，真相遇了怎么办？

我是一个爱情至上论者，深信两性的结合唯以爱情为最高原则，当然不反对较差的爱情给新的更好的爱情让位。可是，问题在于，你怎么知道新的爱情就一定更好？那种震撼心灵的热恋如同天意，或许谁也抗拒不了，另当别论。在多数情形下，新鲜本身就构成了巨大的诱惑，但新鲜总是暂时的，到不新鲜了的时候你怎么办？无止休地更换性伴侣诚然也是一种活法，然而，在这种活法里已经没有了爱情的位置，所以不合我的原则。

可能性是人生魅力的重要源泉。如果有了爱侣，结了婚，就不再可能与别的可爱的异性相遇，人生未免太乏味了。但是，在我看来，如果你真正善于欣赏可能性的魅力，你就不会怀着一种怕错过什么的急迫心理，总是想要把可能性立即兑换为某种现实性。因为这样做的结果，你表面上似乎得到了许多，实际上却是扼杀了你的人生中的一切可能性。我的意思是说，在你与一切异性的关系中，不再有产生真正的爱情的可能性，只剩下唯一的现实性——上床。

就我自己来说，我是宁愿怀着对既有爱情的珍惜之心，而将与别的可爱异性的关系保持在友谊的水平上的。我不否认这样的友谊中有性吸引的成分，但是，让这成分含蓄地起作用，岂不别有一种情趣？男人谁没有放纵一下的欲望，我不喜欢的是那后果，包括必然会造成的对爱我的人的伤害。除去卖淫和变相的卖淫不说，我不相信一个女人和你在肉体上发生亲昵关系而在感情上却毫无所求。假如一个女人爱上了一个出色的男人，而这个男人比如说有一百个追求者，那么，她是愿意他与一百个女人都有染，从而她也能占有一份呢，还是宁愿他只爱一人，因而她只有百分之一的获胜机会呢？我相信，在这个测试题目上，绝大多数女人都会做出相同的选择。

性爱哲学

1

只爱自己的人不会有真正的爱，只有骄横的占有。不爱自己的人也不会有真正的爱，只有谦卑的奉献。如果说爱是一门艺术，那么，恰如其分的自爱便是一种素质，唯有具备这种素质的人才能成为爱的艺术家。

2

爱是一种精神素质，而挫折则是这种素质的试金石。

3

最强烈的爱都根源于绝望，最深沉的痛苦都根源于爱。幸福是难的。也许，潜藏在真正的爱情背后的是深沉的忧伤，潜藏在现代式的寻欢作乐背后的是空虚。两相比较，前者无限高于后者。

4

大自然提供的只是素材，唯有爱才能把这素材创造成完美的作品。

5

凭人力可以成就和睦的婚姻，得到幸福的爱情却要靠天意。

6

爱情是人生最美丽的梦。倘用理性的刀刃去解析梦，再美丽的梦也会失去它的美。弗洛伊德对梦和性意识的解析就破坏了不少生活的诗意。当然还有另一种情况：生活本身使梦破灭了。这时候，对梦作理性的反省，认清它的美的虚幻，其实是一种解脱的手段。我相信毛姆就属于这种情况。

7

“生命的意义在于爱。”“不，生命的意义问题是无解的，爱的好处就是使人对这个问题不求甚解。”

8

食欲引起初级革命，性欲引起高级革命。

9

一切迷恋都凭借幻觉，一切理解都包含误解，一切忠诚都指望报答，一切牺牲都附有条件。

10

人在爱情中自愿放弃意志自由，在婚姻中被迫放弃意志自由。性是意志自由的天敌吗？

11

也许，性爱中总是交织着爱的对立面——恨，或者惧。拜伦属于前者，歌德属于后者。

12

最深邃的爱都是“见人羞，惊人问，怕人知”的，因为一旦公开，就会走样和变味。

13

爱情是灵魂的化学反应。真正相爱的两人之间有一种“亲和力”，不断地分解、化合、更新。“亲和力”愈大，反应愈激烈持久，爱情就愈热烈巩固。

14

对于灵魂的相知来说，最重要的是两颗灵魂本身的丰富以及由此产生的互相吸引，而绝非彼此的熟稔乃至明察秋毫。

15

看两人是否相爱，一个可靠尺度是看他们是否互相玩味和欣赏。两个相爱者之间必定是常常互相玩味的，而且是不由自主地要玩，越玩越觉得有味。如果有一天觉得索然无味、毫无玩兴，爱就荡然无存了。

16

优异易夭折，平庸能长寿。爱情何尝不是如此？

17

断肠人原是销魂客。重情者最知岁月无情，无情岁月卷走了多少有情生涯。

18

“多才惹得多愁，多情便有多忧。”所谓多愁善感，善感实为多愁的根源。多一分情，便多一分人世间的牵挂。怎么办呢？徐再思接下来说得好：“不重不轻症候，甘心消受，谁教会你风流。”

不过，情至深如贾宝玉者，就是重症甚至绝症，没有一个凡俗之躯消受得起，终于只好放弃尘世了。

19

在人生诸问题之中，或许没有比两性关系问题更加牵动人的情感，激起这么多的赞美或者怨恨了。性的盲目力量如此巨大，在很大程度上缔造着也摧毁着个人的幸福，维持着也破坏着社会的安定。它所占据的这种地位究竟有无道理？对于性的力量，爱情试图将其升华，引出了美学问题，婚姻试图将其约束，引出了社会学问题。

爱情与婚姻，两者也时时在冲突之中。艺术家说，爱情是神圣的，婚姻是世俗的。宗教家说，婚姻是神圣的，爱情是世俗的。谁是谁非？这些问题不可能有一个统一的答案，但是围绕它们的讨论是有趣的，使我们有机会欣赏和比较不同的人生态度之间的基本差别。

性爱心理学

1

爱情的发生需要适宜的情境。彼此太熟悉，太了解，没有了神秘感，就不易发生爱情。当然，彼此过于陌生和隔膜，也不能发生爱情。爱情的发生，在有所接触又不太稔熟之间，既有神秘感，又有亲切感，既能给想象力留出充分余地，又能使吸引力发挥到最满意的程度。

2

邂逅的魅力在于它的偶然性和一次性，完全出乎意料，毫无精神准备，两个陌生的躯体突然互相呼唤，两颗陌生的灵魂突然彼此共鸣。但是，倘若这种突发的亲昵长久延续下去，绝大部分邂逅都会变得索然无味了。

3

性诱惑的发生以陌生和新奇为前提。两个完全陌生的肉体之间的第一次做爱未必是最狂热或最快乐的，但往往是由最真实的性诱惑引起的。重复必然导致性诱惑的减弱，而倘若当事人试图掩饰这一点，则会出现合谋的虚伪。当然，重复并不排除会有和谐的配合，甚至仍会有激情的时刻，不过这些成果主要不是来自性诱惑。

4

关汉卿曲："骂你个俏冤家，一半儿难当一半儿耍。""虽是我话儿嗔，一半儿推辞一半儿肯。"

男女风情，妙在一半儿一半儿的。琢磨透了，哪里还有俏冤家？想明白了，如何还会芳心乱？

5

与其说有理解才有爱，毋宁说有爱才有理解。爱一个人，一本书，一件艺术品，就会反复玩味这个人的一言一行，这本书的一字一句，这件作品的细枝末节，自以为揣摩出了某种深长意味，于是，"理解"了。

6

我不知道什么叫爱情。我只知道，如果那张脸庞没有使你感觉到一种甜蜜的惆怅，一种依恋的哀愁，那你肯定还没有爱。

7

你是看不见我最爱你的时候的情形的，因为我在看不见你的时候才最爱你。

8

强烈的感情经验往往会改变两个热恋者的心理结构，从而改变他们与其他可能的对象之间的关系。犹如经过一次化合反应，他们都已经不是原来的元素，因而很难再与别的元素发生相似的反应了。在这个意义上，一个人一生也许只能有一次震撼心灵的爱情。

性爱美学

1

看见一个美丽的女人，你怦然心动。你目送她楚楚动人地走出你的视野，她不知道你的心动，你也没有想要让她知道。你觉得这是最好的：把欢喜留在心中，让女人成为你的人生中的一种风景。

2

歌德说：美人只在瞬间是美的。我想换一种比较宽容的说法：任何美人都有不美的瞬间。

3

在朦胧的光线下，她的脸庞无比柔美，令我爱不自禁。可是，到了明亮处，我发现了她的憔悴和平常，心中为之黯然。

她仍然是她。如果光线永远朦胧，她在我眼中就会永远柔美了。

所谓美是多么没有理性。

4

酒吧、歌厅、豪华商场……形形色色的现代娱乐场所，这么多漂亮女人。可是，她们是多么相像呵。我看到了一张张像屁股一样的脸蛋，当然是漂亮的屁股，但没有内容。此时此刻，我的爱美的天性渴望看到一张丑而有内容的脸，例如罗丹雕塑的那个满脸皱纹的老妓女。

5

恋爱，人生中美丽的时刻。如同黎明和黄昏，沐浴在柔和金光中的一切景物都变美了，包括那个美人儿。恋爱中的人以为那个美人儿是光源，其实她也是被照的景物。

6

卢梭说：“女人最使我们留恋的，并不一定在于感官的享受，主要还在于生活在她们身边的某种情绪。”

的确，当我们贪图感官的享受时，女人是固体，诚然是富有弹性的固体，但毕竟同我们只能有体表的接触。然而，在那样一些充满诗意的场合，女人是气体，那样温馨芬芳的气体，她在我们的四周飘荡，沁入我们的肌肤，弥漫在我们的心灵。一个心爱的女子每每给我们的生活染上一种色彩，给我们的心灵造成一种气氛，给我们的感官带来一种陶醉。

7

一个漂亮女人能够引起我的赞赏，却不能使我迷恋。使我迷恋的是那种有灵性的美，那种与一切美的事物发生内在感应的美。在具有这种美的特质的女人身上，你不仅感受到她本身的美，而且通过她感受到了大自然的美、艺术的美、生活的美。因为这一切美都被她心领神会，并且在她的气质、神态、言语、动作中奇妙地表现出来了。她以她自身的存在增加了你眼中那个世界的美，同时又以她的体验强化了你对你眼中那个世界的美的体验。不，这么说还有点不够。事实上，当你那样微妙地对美发生共鸣时，你从她的神采中看到的恰恰是你对美的全部体验，而你本来是看不到，甚至把握不住你的体验的。这是多么激动人心啊，无意识的、因为难以捕捉和无法表达而令人苦恼的美感，她不是用语言，而是用她有灵性的肉体，用眼睛、表情、动作等等（这一切你都看得见）替你表达出来了。这就是魅力的秘密。

8

两个漂亮的姑娘争吵了起来，彼此用恶言中伤。我望着她们那轮廓纤秀的嘴唇，不禁惶惑了：如此美丽的嘴唇，使男人忍不住想去吻它们，有时竟是这么恶毒的东西吗？

9

美是无法占有的，一个雄辩的证据便是那种娶了一个不爱他的漂亮女人的丈夫，他会深切感到，这朝夕在眼前晃动的美乃是一种异在之物，绝对不属于他，对他毫无意义。这个例子也说明了仅仅根据外貌选择配偶是多么愚蠢。

10

不纯净的美使人迷乱，纯净的美使人宁静。女人身上兼有这两种美。所以，男人在女人怀里癫狂，又在女人怀里得到安息。女人作为母亲，最接近大自然。大自然的美总是纯净的。

我对女性只有深深的感恩

本书汇集了我迄今为止所发表的谈论性、女人、爱情、婚姻的几乎全部文字。这些文字是在二十几年里陆续写下的，趁这次整理的机会重读了一遍。在读的过程中，我明确地感到，倘若要用一句话来概括我在这一领域里的认识，歌德的名句“永恒之女性”是最恰当不过的了，于是用以为书名。

歌德是一个大文豪，也是一个大情种，一生中恋爱不断，在女人身上享尽了艳福，也吃足了苦头，获得了大量灵感，也吸取了许多教训。老天赋予他一个情欲饱满的身体和一颗易感的心，使他一走近女人就春心荡漾，热血沸腾。不过，最后成就的不是一个普通的登徒子，而是一个伟大的诗人。他的天才使他能够把从女人身上得到的全部快乐和痛苦都酿成艺术的酒，他的超乎常人的强大理性又使他能够及时地从每一次艳遇、热恋、失恋、单恋中拔出身来，不在情欲之海中灭顶，反而把这一切经历用作认识的材料。认识什么？认识世界和人生，也认识女性。回过头去看，他所迷恋的那一个个具体的女人都是他的老师，他在她们身边度过的那些要死要活的日子都是他的功课，他经由她们学习这门叫作女性的课程。最后，这个勤奋的学生在八十二岁的时候终于交出了毕业答卷，就是诗剧《浮士德》第二部的结束语："永恒之女性，引我们上升。"

在我看来，这句话也是歌德一世风流的结束语，是他的女性观的总结。从这句话中，我读出的是他对女性的深深的感恩，与女人之间的所有情感纠葛，一生的爱的纷乱，都在这感恩之中平静下来了。恋爱是短暂的，与每一个女人的肌肤之亲是短暂的，然而，女性是永恒的。这永恒的女性化身为青春少女，引我们迷恋可爱的人生，化身为妻子，引我们执着平凡的人生，又化身为母亲，引我们包容苦难的人生。在这永恒的女性引导下，人类世代延续，生生不息，不断唱响生命的凯歌。

当然，我不是歌德，没有他的天才，也没有他的丰富的阅历。但是，身为男人，我也喜欢女人，也由自己的经历体会和认识女人，而最后的心情也和歌德一样，我对女性只有深深的感恩。男女恩怨，一切怨都会消逝，女性给人生、给世界的恩却将永存。我相信，不但我，一切懂得算总账的男人，都会是这样的心情。希腊神话里的英雄伊阿宋因为美狄亚的复仇而怨恨全部女性，祈愿人类有别的方法生育，使男人可以彻底摆脱女人。我倒希望上天成全他的祈愿，给像他这样的男人另造一个没有女人的世界，让他们去享受无性繁殖的幸福。至于我自己，我无比热爱眼前这个充满着女性魅惑和女性恩惠的世界，无论给我什么报偿，我都决不肯去伊阿宋的理想世界里待上哪怕一天。

小爱和大爱

1

人与人的相遇，是人生的基本境遇。爱情，一对男女原本素不相识，忽然生死相依，成了一家人，这是相遇。亲情，一个生命投胎到一个人家，把一对男女认作父母，这是相遇。友情，两个独立灵魂之间的共鸣和相知，这是相遇。

相遇是一种缘。爱情，亲情，友情，人生中最重要的相遇，多么偶然，又多么珍贵。

2

我曾经无数次地想，在无限时空的一个短暂时间和一个狭小空间，我们一家三口——准确地说，我们这三个灵魂——极其偶然地相遇，组成了一个小小的家，相濡以沫，彼此相爱。我无比地爱这个家，爱我的妻子和孩子。可是，和我相遇的完全可能是别的灵魂，我完全可能和别的女人结婚，有别的孩子。那么，在那种情况下，我就会不爱我的家，不爱我的妻子和孩子了吗？

当然不是，我仍然会爱。这难道不是说明，这一个实现了的具体的小爱只是无数个可能的小爱的一个代表，进一步说，只是普遍的生命之爱和灵魂之爱的一个代表？我正是首先通过爱我的亲人来爱一切生命和灵魂的。

人间若有大爱，就只能首先以小爱的形式存在，只能从小爱中发端和升华。一个人真正从小爱中领悟了爱的实质，他就已经进入到大爱的境界中了。同样，凡是鄙弃小爱的人，我敢断定他和大爱无缘，一切爱的姿态和言论都只是表演而已。

3

以大爱之心珍惜人生中一切美好的相遇，珍惜已经得到的爱情、亲情和友情，在每一个小爱中实现大爱的境界。

4

茫茫宇宙中，两个生命相遇和结合，然后又有新的生命来投胎，若干生命相伴了漫长岁月，在茫茫宇宙中却只是一瞬间。此中的缘和情，喜和悲，真令人不胜欷歔。

5

多么纯粹和热烈的爱，只要是人间的真实的爱，就必然具有人间性，沾染了人间的烟火味。不但亲子之爱，而且一切人间之爱，包括恋人的情爱，佳侣的恩爱，人间性都是必有的性质。如果罗密欧与朱丽叶真能喜结良缘，日久相伴，两人一定也会发生或大或小的摩擦。

我们都生活在现象之中，都只能通过现象来体悟本质，没有人直接生活在爱的本质之中。如果有谁把自己的生活当作爱的本质展示给人们看，不用说，那肯定是在作秀，而且做得很不高明。

6

热恋中的人都活在当下，当下即是永恒。尽情地享

相　爱

看两人是否相爱，一个可靠尺度是看他们是否互相玩味和欣赏。两个相爱者之间必定是常常互相玩味的，而且是不由自主地要玩，越玩越觉得有味。如果有一天觉得索然无味、毫无玩兴，爱就荡然无存了。

受这个当下吧，衷心地讴歌这个永恒吧，可是，请记住，没有人能够永远生活在爱的本质之中，我们都生活在现象之中，都只能通过现象来领悟本质。

可恨又可爱的现象世界啊，给我们快乐和苦恼，给我们昨天和明天，还给了我们不确定性。

7

我所相信的纯粹的爱情，第一，纯粹中必包含不纯粹，第二，它又应该被不纯粹的整体性人间情怀所包含。天空和大地理应浑然一体，广义地说，这天空是一生的灵魂追求，这大地是一生的尘世经历，而不限于两个人的情和家。

8

心有大爱的人，不会因为当下一个无论多么热烈的爱情而否认曾经的人间情感对于自己生命的珍贵价值。

9

一切真爱都是美的、善的，超越了是非和道德的评判。

10

我们活在世上，人人都有对爱和善意的需要。今天你出门，不必有奇遇，只要一路遇到的是友好的微笑，你就会觉得这一天十分美好。如果你知道世上有许多人喜欢你，肯定你，善待你，你就会觉得人生十分美好，这个世界十分美好。即使你是一个内心很独立的人，情形仍是如此，没有人独立到了不需要来自同类的爱和善意的地步。

那么，我们就应该经常想到，我们的亲人、朋友、同学、同事，他们都有这同样的需要。这赋予了我们一种责任：对于我们周围的人来说，这个世界是否美好，在很大程度上取决于我们是否爱他们、善待他们，并且把爱和善意表达出来。

11

当亲友中某个人去世时，我们往往会后悔，有些一直想对他说的话再也没有机会说了。事实上，每一个人都在不可避免地走向死亡，我们随时面临着太迟的可能性。

因此，你心中不但要有爱和善意，而且要及时地表达，让那个与之相关的人享受到。

12

相思不只是苦，苦中也有甜。心里惦着一个人，并且知道那个人心里也惦着自己，岂不比无人可惦记好得多？人是应该有所牵挂的，情感的牵挂使我们与人生有了紧密的联系。那些号称一无牵挂的人其实最可悲，他们活得轻飘而空虚。

13

纯粹的爱是超越于形式的，它不需要用一种形式来证明，它自己就是自己的证明。

14

我心目中的上帝是顽皮的，富有游戏精神。在他眼里，尘世上最庄严的仪式也是过家家，最动人的爱情故事也是人间喜剧。

06

不做梦的人
必定平庸

人生的三个觉醒

人在世上生活，必须做选择和决定，也会遭遇疑惑、困难、挫折，皆需要力量的支持。在一切力量中，最不可缺少一种内在的力量，就是觉醒。觉醒是人人可以开发和拥有的力量，也是人生最根本和最重要的力量。那些外在的力量，例如来自社会和朋友的帮助，若没有内在力量的配合，最多只能发生暂时的表面的作用。那些外在的力量，例如你已经获得的权力、金钱、名声、地位，也许可以使你活得风光，但唯有内在的力量才能使你活得有意义。

那么，让什么东西觉醒呢？当然是你身上那些最本质的东西，它们很可能沉睡着，所以要觉醒。我认为，人身上有三个最本质的东西。首先，你是一个生命，你因此才会在这个世界上生活，才会有你的种种人生经历。第二，你不但是一个生命，而且是一个独特的生命个体，并且能够明确地意识到这一点，也就是说，你是一个自我。第三，和宇宙万物不同，人是精神性的存在，你还是一个灵魂。这三者概括了你之为你的本质。因此，人生有三个基本的觉醒：生命的觉醒，自我的觉醒，灵魂的觉醒。

1、生命的觉醒

每个人来到这个世界上，首先是一个生命，也终归是一个生命。这是一个多么简单的道理，却很容易被我们忘记。我们在社会上生活，为获取财富、权力、地位、名声等等而奋斗，久而久之，往往把这些东西看得比生命更重要了，甚至当成了人生主要的乃至唯一的目标，为之耗尽了全部精力。

生命原本是单纯的，财富、权力、地位、名声等等是后来添加到生命上去的社会堆积物。既然在社会上生活，有这些堆积物就不可避免，也无可非议，但我们要警惕，不可本末倒置。生命的觉醒，就是要透过这些社会堆积物去发现你的自然的生命，牢记你是一个生命，对你的生命保持一种敏感，经常去倾听它的声音，时时去满足它的需要。

生命的需要由自然规定，包括与自然和谐相处、健康、安全等等，也包括爱情、亲情、家庭等自然情感的满足。这些需要平凡而永恒，但它们的满足是人生最甘美的享受之一，带给人的是生命本身的单纯的快乐。你诚然可以去追求其他种种复杂的快乐，可是，倘若这种追求损害了这些单纯的快乐，其价值便是可疑的。

2、自我的觉醒

你不但是一个生命，而且是一个独特的生命个体，一个自我。首先，这个自我是独一无二的，世上只有一个你。其次，这个自我是不可重复的，你只有一个人生。因此，对你的人生负责，实现你之为你的价值，是你的根本责任。自我的觉醒，就是要负起这个根本责任，做你自己人生的主人，真正成为你自己。

成为你自己，这可不是容易的事。人们往往受环境、舆论、习俗、职业、身份支配，作为他人眼中的一个角色活着，很少作为自己活着。为什么会这样？一是因为懒惰，随大流是最省力的，独特却必须付出艰苦的努力。

二是因为怯懦，随大流是最安全的，独特却会遭受舆论的压力、庸人的妒恨和失败的风险。可是，如果你想到，世上只有一个你，你死了，没有任何人能代替你活；你只有一个人生，如果虚度了，没有任何人能够真正安慰你——那么，你还有必要在乎他人的眼光吗？

一个人怎样才算成为自己，做了自己人生的主人呢？我认为有两个可靠的标志。一是在人生的态度上自己做主，有明确坚定的价值观，有自己处世做人的原则，在俗世中不随波逐流。二是在事业的选择上自己做主，有自己真正喜欢做的事，能够全身心地投入其中，感到内在的愉快和充实。人生中有真信念，事业上有真兴趣，这二者证明了你有一个真自我。

3、灵魂的觉醒

世间一切生命中，唯有人有自我意识，能够知道自己作为生命个体的独特性和一次性，知道自己是一个“我”。但是，无论你多么看重这个“我”，它终有一死，在人世间的存在是有限而短暂的。这就发生了一个问题：人生究竟有没有更高的具有恒久价值的意义，此种意义不会因为这个“我”的死亡而丢失？其实答案已经隐藏在问题之中了，我们即使从逻辑上也可推断：要找到这种意义，唯有超越小我，把它和某种意义上的大我相沟通。那么，透过肉身自我去发现你身上的更高的自我，那个和大我相沟通的精神性自我，认清它才是你的本质，这便是灵魂的觉醒。

灵魂的觉醒有两个途径，一是信仰，二是智慧。

灵魂是基督教用语，用来指称人的精神性自我。汉语中“灵魂”这个词很有意思，可以拆分为“灵”和“魂”。和别的生命不同，人有自我意识，也就是有一个“魂”。在基督教看来，这个“魂”应该有一个神圣的来源，就是上帝。《圣经》里说，上帝是按照自己的形象造人的。其实上帝是没有形象的，完全是“灵”。所以，“魂”是从“灵”来的。可是，在进入肉体之后，“魂”忘记了自己的来源，因此必须和“灵”重建联系，这就是信仰。通过信仰，“灵”把“魂”照亮，人才真正有了“灵魂”。

哲学（包括佛教）不讲灵魂，讲智慧。汉语中“智慧”这个词也很有意思，可以拆分为“智”和“慧”。和别的生命不同，人有认识能力，就是“智”，因此能够把自己认作“我”，与作为“物”（包括他人）的周围世界区别开来。但是，“智”的运用应该上升到一个更高的认识，就是超越物我的区别，用佛教的话说是“离分别相”，用庄子的话说是“万物与我为一”。这种与宇宙生命本体合一的境界，就是“慧”。“智”上升到“慧”，人才真正有了“智慧”。

在我看来，信仰和智慧是在用不同的方式说同一件事，二者殊途而同归，就是要摆脱肉身的限制，超越小我，让我们身上的那个精神性自我觉醒。人人身上都有这样一个更高的自我，它和宇宙大我的关系也许不可证明，但让它觉醒对于现实人生却是意义重大。第一，人生的重心会向内转化，从外部世界转向内心世界，重视精神生活。你仍然可以在社会上做大事，但境界不同了，你会把做事当作灵魂修炼的手段，通过做事而做人，每一步都走在通往你的精神目标的道路上。第二，你会和你的身外遭遇保持距离，具有超脱的心态，在精神上尽量不受无常的人间祸福得失的支配。在相反的情况下，精神性自我不觉醒，人第一会沉湎在肉身生活中，境界低俗，第二会受这个肉身遭遇的支配，苦海无边。人生在世，必须有一个超越的立足点，这个立足点正是信仰和智慧给你的。

喜欢的事

一个人不论伟大还是平凡，
只要他顺应自己的天性，
找到了自己真正喜欢做的事，
并且一心把自己喜欢做的事做得尽善尽美，
他在这世界上就有了牢不可破的家园。

对理想主义的温和坚持

1

据说，一个人如果在 14 岁时不是理想主义者，他一定庸俗得可怕；如果在 40 岁时仍是理想主义者，又未免幼稚得可笑。

我们或许可以引申说，一个民族如果全体都陷入某种理想主义的狂热，当然太天真；如果在它的青年人中竟然也难觅理想主义者，又实在太堕落了。

由此我又相信，在理想主义普遍遭耻笑的时代，一个人仍然坚持做理想主义者，就必定不是因为幼稚，而是因为精神上的成熟和自觉。

2

有两种理想。一种是社会理想，旨在救世和社会改造。另一种是人生理想，旨在自救和个人完善。如果说前者还有一个是否切合社会实际的问题，那么，对于后者来说，这个问题根本不存在。人生理想仅仅涉及个人的灵魂，在任何社会条件下，一个人总是可以追求智慧和美德的。如果你不追求，那只是因为你不想，决不能以不切实际为由来替自己辩解。

3

理想有何用？

人有灵魂生活和肉身生活。灵魂生活也是人生最真实的组成部分。

理想便是灵魂生活的寄托。

所以，就处世来说，如果世道重实利而轻理想，理想主义会显得不合时宜；就做人来说，只要一个人看重灵魂生活，理想主义对他便永远不会过时。

4

当然，对于没有灵魂的东西，理想毫无用处。

5

对于不同的人，世界呈现不同的面貌。在精神贫乏者眼里，世界也是贫乏的。世界的丰富的美是依每个人心灵丰富的程度而开放的。

对于音盲来说，贝多芬等于不存在。对于画盲来说，毕加索等于不存在。对于只读流行小报的人来说，从荷马到海明威的整个文学宝库等于不存在。对于终年在名利场上奔忙的人来说，大自然的美等于不存在。

想一想，一生中有多少时候，我们把自己放逐在世界的丰富的美之外了？

6

一个经常在阅读和沉思中与古今哲人文豪倾心交谈的人，与一个只读明星逸闻和凶杀故事的人，他们生活在多么不同的世界上！那么，你们还要说对崇高精神生活的追求是无用的吗？圣徒是激进的理想主义者，智者是温和的理想主义者。

7

在没有上帝的世界上，一个寻求信仰而不可得的理想主义者会转而寻求智慧的救助，于是成为智者。

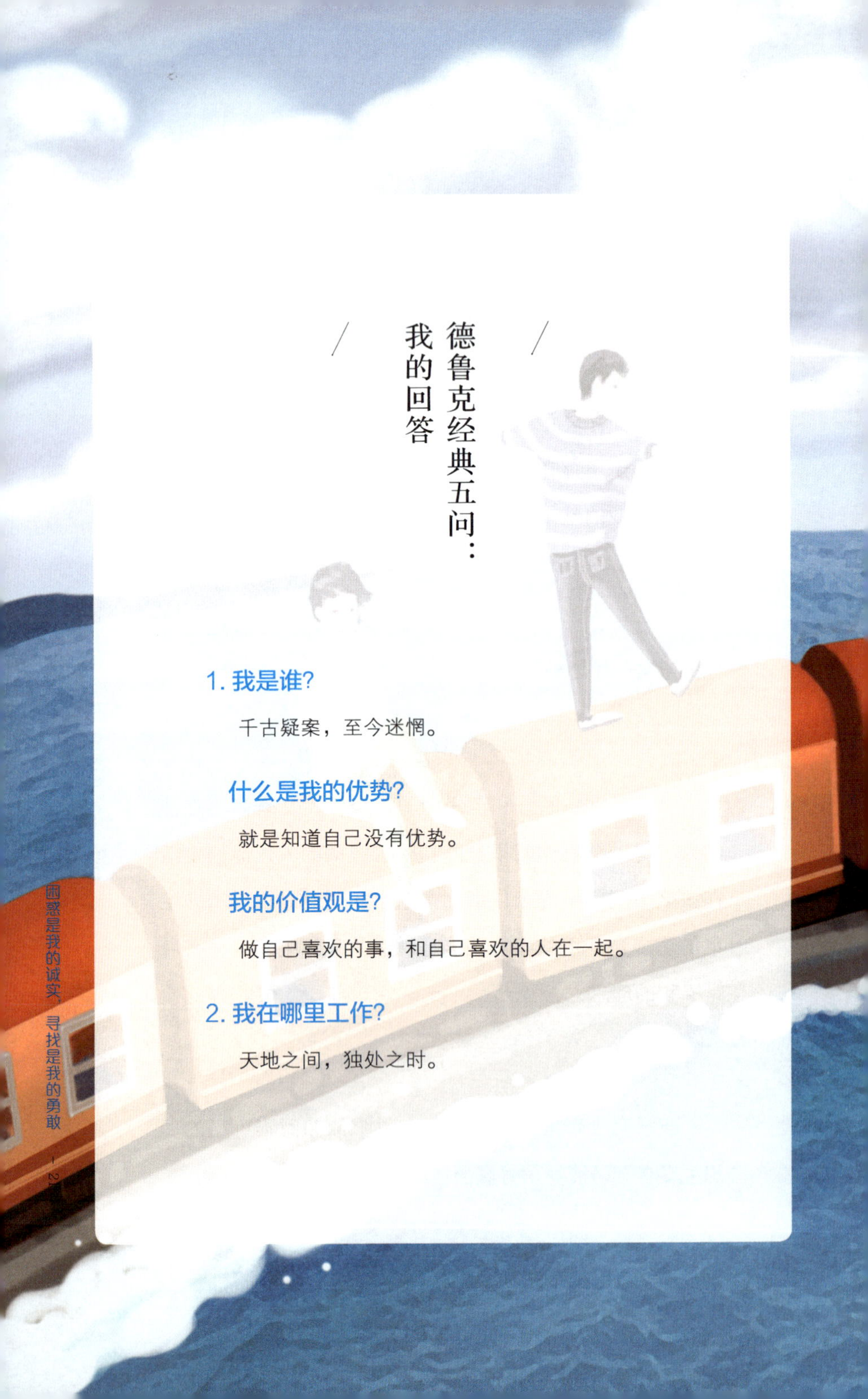

德鲁克经典五问：我的回答

1. 我是谁?

千古疑案，至今迷惘。

什么是我的优势?

就是知道自己没有优势。

我的价值观是?

做自己喜欢的事，和自己喜欢的人在一起。

2. 我在哪里工作?

天地之间，独处之时。

属于谁?

上帝、女人和孩子。

是决策者、参与者还是执行者?

都不是。来这个世界走一趟，算是一个感受者、思考者、记录者吧。

3. 我应该做什么?

我没有使命感，会问自己想做什么、能做什么，而非应该做什么。

会对社会有什么贡献?

让听到我的声音的人安静下来。

4. 在人际关系上承担什么责任?

尊重他人，亲疏随缘。

5. 后半生的目标和计划是什么?

弄清我是谁。

做一个有精神目标的人

问：您是否听说过“男不可不读王小波，女不可不读周国平”这句话？这句话从一个侧面反映了女性对您的推崇（您说到了她们的心坎里），也在一定程度上会让人以为，您的读者以女性为主。您对这个说法有什么看法？

答：老有人对我提到这句话，当然知道啊。我的确有许多热心的女读者，对此我只感到愉快，丝毫不觉得难为情。我揣测，女性之所以喜欢我的书，原因可能有二。第一，我比较能够欣赏女性并体会她们的心理，谁不喜欢听中肯的恭维呀。第二，女性离功利战场比男性远，心比较静，又看重感情生活，容易与我的价值取向产生共鸣。不过，我的读者未必是以女性为主，我也有许多男性读者，并且和其中一些人成了朋友。

问：您身上有很多标签，哲学家和作家这两个身份，您更喜欢哪一个，更愿意把哪一个当作主业？或者说，它们是如何有机地融合到一起的？

答：我完全不在乎标签和身份，随人们怎么称呼，我无所谓。我一向认为，在精神领域是不存在严格分工的，文史哲本是一家。就我自己而言，我自小喜欢想哲学问题，也喜欢看文学书籍，因此，在后来的写作中，用文学的方式写哲学的内容，就成了一件自然的事，我觉得这样做最舒服，和我的性情最吻合。

问：您是一个非常多产的作家，请问您是如何做到几十年如一日地笔耕不辍？能简单给我们描述一下您写作的状态吗？（需要怎么样的环境，每天能写多少，会有灵感枯竭的时候吗，那时怎么办等等。）

答：我不算多产，你们看到我出了许多书，其实大多是旧作的重版或选编，新作品不多，严格意义上的新书，一年有一本就不错了。我基本上天天都在工作，包括阅读和写作，因为我喜欢，乐在其中，不让我工作我

创造

生活质量的要素：一、创造；二、享受；三、体验。其中，创造在生活中所占据的比重，乃是衡量一个人的生活质量的主要标准。

反而会非常难受。不过，我写东西比较慢，平均一天也就写几百字。当然也有写得快的时候，情绪饱满，思路顺，一天两三千字。灵感枯竭怎么办？很简单，不要硬写嘛，硬写出来的东西一定糟糕。我会停下笔来读书，在读书的过程中，我自己的思绪、灵感、积累会被唤醒，就又有了写作的冲动和题材。

问：是什么让您能够将生与死、灵与形、爱与孤独、执着与超脱、苦难与幸福等问题思考得如此深刻？这需要忍受常人无法忍受的某些精神上的压力吗？换言之，您为之付出了哪些代价？

答：其实，对于我来说，你提到的这些人生大问题完全不是抽象的，它们都是我的生活中和灵魂中的问题。因此，我不是刻意去想这些问题，而是无法回避，必须开导自己，为自己解除困惑。我不认为我的思考有多么深刻，事实上，许多困惑仍在，我做到的只是比较真实罢了。既然是我自己的问题，我就不能骗自己，给自己一个虚假的解决。我不觉得这个过程给了我多大的精神压力，或让我付出了什么代价，问题已经在那里，你不去想，它们成为隐痛，更受折磨，不如坦然面对它们。

问：有人说，您的文章更多地关注自身修炼而非家国大事，就停留在“修身、齐家、治国、平天下”的“修身”境界。您对这个说法怎么看？诚然，这个社会存在这样那样的不如意，假如您是手握手术刀的医生，您会从哪个方面开始治疗？

答：儒家把修身看作齐家、治国、平天下的前提和基础，是有道理的，不过这个修身不能局限于道德修养，应该深入到灵魂的层面，关注人生觉悟和精神素质的提升。现在的问题是，关注这个层面的人不是多了，而是少了。今天的中国知识分子太热衷于在治国、平天下方面一展抱负，恰恰不重视灵魂层面上的修身，在这一点上还不如古人。一个内心没有精神目标的人，他对社会问题的关注，在内涵上会是肤浅的，在动机上可能是功利的。其实我也并非不关心社会问题，你们看一看我近些年的文章和讲演，对此多有涉及。我一直强调的观点是，在转型时期的中国，我们最缺少、最需要的东西，一是信仰，二是法治，没有精神文化转型和社会秩序转型的配套，经济转型绝不可能孤立地成功。

问：刚刚得知您有博客的那一瞬间有点惊讶，一直觉得您是喜欢将自己藏在幕后的（不知道这个判断是否失准）。为什么会想起开博客？想通过博客和博友们交流些什么？现在保留着怎么样的一种更新频率？

答：我的博客是新浪主动给我开的，至今已有五年多，最近新浪和腾讯又给我开了微博。我和大多数开博客和微博的人不同，并没有频繁地把自己的日常生活和瞬时感受曝光。我绝不会这样做，这倒不是因为我喜欢将自己藏在幕后，主要的原因是，我觉得随时向人报告自己的鸡毛蒜皮的事情和想法是特别无聊的，而对于一个写作者来说，沉默中的酝酿十分重要，在公众面前频频亮相几乎是一种自残。在多数情况下，我只是从我已写的文字中挑选一些贴在博客和微博上，大致上一周更新一次。我认为效果是好的，一是扩展了我的读者面，许多人是通过这个渠道读到我的文字的；二是能够很快得到读者的反馈，这对我的思考和写作是良好的激励。

问：您说过，"要读那些永恒的书"，什么叫永恒的书？现在社会节奏很快，人们留给书籍的时间越来越少。一些赫赫有名的世界名著，竟然很多都被束之高阁，甚至有些孩子连中国四大名著是什么都不知道了。作为一个哲学家，您对这种现象怎么看？作为一个作家，您是否担心自己著作的明天？

答：我说的永恒的书，是指古今中外的经典名著。经典之为经典，就在于其中凝聚了对人类基本情况的观察和思考，因而具有永恒的价值。现在社会上急功近利的风气和网络媒介的强势对于阅读经典的确造成了巨大冲击，我认为是很可悲的。不过，事实上，经典作品仍在源源不断地出版，证明它们仍拥有基本的读者群，火种仍在传承，绝不会熄灭。至于我自己的作品，我不关心它们明天会怎样，今天拥有众多读者就可以了。我从来不认为我的作品有传世的价值，因此也绝不追求这个目标。我一再说，我的作用仅在于把读者引到经典作品面前，我不会无知和自信到认为我的作品能成为经典。

我二十多年前的作品现在仍有许多人喜欢读，这个情况已经大大超过我的期望了，

为此我既感到满意，又感到惭愧。

问：您最近都在看什么书？我注意到您博客上最新的更新是关于读《务虚笔记》的。如果要您给现代人开一个书单，您一般会推荐他们看哪些书？

答：我读书分两种情况，一是根据我的研究和写作计划比较系统地读，二是随便翻翻。博客上那篇读《务虚笔记》的文章是旧文，因为史铁生去世，所以重新发表。顺便说说，在我看来，中国当代作家中如果有人可称伟大，唯史铁生一人而已。我从来不给人开书单，因为我认为，读书是个人的精神生活，适合于每个人的书必是不同的，必须自己去寻找。我的建议只有一条，就是多读经典作品。

问：哲学总给人虚幻、遥不可及的感觉，但您的哲学很生活，通俗易懂，仿佛都是身边小事，很容易让人感同身受。您是怎么做到这一点的？

答：认为哲学虚幻、遥不可及，这本身是一种误解。许多大哲学家的书写得也相当通俗易懂，而且生动活泼。我写作时有一个基本态度，就是尽量写自己真正感受到和想明白的东西。除去那些非常专业的著作，有些人的

文章之所以晦涩难懂，一个重要原因是他们在写自己没有感受到和想明白的东西。

问：现在看哲学的人比以前明显少了，人们都一股脑儿涌向那些容易就业、收入不菲的专业、行业，对于哲学的这种“没落”，希望听听您的见解。

答：我的文章曾经多次谈到这个话题。在今日社会急功近利的总体氛围中，一般考生把就业前景树为选择专业的首要标准，因此，毫不奇怪，不但文史哲一类人文学科，而且数理化一类自然科学基础学科，都在不同程度上成了冷门，而财经、法律、计算机等实用性强的学科则成了显学。不过，我一向认为，一个国家不需要有许多以哲学为专业的人，就像不需要有许多数学家、理论物理学家一样。更确切地说，不是不需要，而是不可能、不应该。作为一门学科的哲学具有高度的抽象性和思辨性，对之真正有兴趣和能力的人是决不会多的。但是，这决不等于说一个国家不需要哲学。作为对世界和人类根本问题的思考，哲学代表了一个民族在精神上所站立的高度，决定了它能否作为一个优秀民族在世界上发挥作用。真正令人忧虑的是我们民族今天所表现出来的严重世俗化倾向，对于物质财富的热衷和对于精神价值的轻蔑。如果青少年中智商较高的人都一窝蜂奔实用性专业而去了，我们就很难再指望哲学人文科学会出现繁荣的局面。其实，即使如经济、法律等似乎偏于实用的学科，从业者若没有哲学的功底，也是绝不会有大出息的。不过，如果广义地看哲学，哲学在商业社会的处境是矛盾的，一方面，追逐实利的普遍倾向必然使它受到冷落，另一方面，追逐实利的结果是精神空虚，凡是感受到这种空虚并且渴望改变的人就可能愈加倾心于哲学。所以，我曾经说过：哲学既是这个时代的弃妇，又是许多人的梦中情人。

问：应该有不止一个人说过您看上去比实际年龄年轻吧，大家都很好奇，也很想知道，您是怎么做到这一点的？有什么养生秘诀？希望您与我们分享一下关于年龄、成长和衰老这个话题。

答：曾经有人问我的养生之道，我说是抽烟、喝酒、熬夜。这当然是半开玩笑，虽然我说的是事

实。我始终认为，人的身体是受心灵支配的，心态好是最好的养生。怎么做到心态好？我的体会是，一定要有自己喜欢做的事，快乐的工作是养生的良药。当然，也不妨有一些健体的运动，但心态要放松。我敢肯定，一个人太在乎自己的身体，这个身体一定会出毛病。在今天的中国，打着养生旗号的骗术最容易成功，往往骗倒一大片。在图书畅销榜上，也是养生书独占鳌头，经久不衰。我推测许多人的心态可能是，没别的事可关心了，或者关心了也没用，就关心自己的身体吧。可是，把注意力都集中在养生上，养生几乎成了人生的全部目的和意义，这么紧张兮兮的一种心态，真的能把生养好吗？

问：现代社会十分看重财富、名利等物质的东西，而且往往以这些来衡量一个人的价值。也知道这是不对的，但社会就是有一种力量推着你不得不去遵从这样的价值观。这种悖论，要怎么逃离？

答：不得不遵从？为什么？关键是你是否确立了自己清晰而坚定的价值观，如果确立了，你就不会被社会潮流推着走。在我看来，人在世上活的就是一个价值观，不同的价值观造就了不同的人生。因此，在价值观的问题上，一个人必须认真思考，自己做主。当然，现在许多年轻人都面临着巨大的生存压力，我不主张清高，生存问题不解决，是清高不下去的。但是，内心要清醒，要有自己的精神目标，有没有是大不一样的。有精神目标的人，他在解决生存问题时就能保持一种内心力量，不致被贫困压倒，也不致被诱惑败坏，而当他基本解决了生存问题之后，就能及时地走上自己的人生追求之路，不再是为谋生而工作，而是真正拥有自己的事业。

问：我们都在追寻着幸福，在您看来，什么是大众版的幸福呢？您个人的幸福又是什么？

答：好，说一说我的大众版的幸福观。在我看来，一个人若能做自己喜欢的事，并且靠这养活自己，同时能和自己喜欢的人在一起，并且使他（她）们也感到快乐，即可称幸福。用这个标准衡量，我可以算是幸福的。现在我的生活基本上由两件事情组成，一是读书和写作，我从中获得灵魂的享受；二是亲情和友情，我从中获得生命的享受。人最宝贵的两样东西，生命和灵魂，在这两件事情中得到了妥善的安放和真实的满足，夫复何求，所以我过着很安静的生活。

问：《钢铁是怎样炼成的》里那段名言大家都很熟

悉，我借它来问您一个问题，您觉得人的一生应当怎么度过，才不枉来这世界走一遭呢？

答：如果在一生中已经尽我之能品尝了人生的美好，也承受了人生的苦难，就可以说不枉来这世界走一遭了。然而，正因为如此，只走一遭未免太少了。一个好的人生留给人的既是最大的满足，又是最大的依恋。

问：痴情这个词语向来是在爱情中出现，但当我们听到您被冠以“最痴情的父亲”时，几乎没有人会觉得这个词用错了。讲讲您对两个女儿的爱吧，为她们写书是您向她们表达爱的一种方式吗？爱的喜悦和悲伤都需要与人分享吗？妞妞和啾啾在您的生命中占据着怎样的一个位置？

答：至高无上的位置。其实，这是人之常情，我相信每个有爱心的父亲和母亲都有同感。我写书，不是为了向孩子表达爱，因为我的表达在和孩子共同生活时早已天天在进行，也不是为了与人分享这爱，因为从根本上说是无法分享的。最主要的动机是，把我的人生中最珍贵的经历记录下来，不让它们被岁月湮没。

问：能否向我们透露一下，目前正在准备什么书的写作吗？（如果有的话，为什么想写这本？）

答：我有许多写作计划，但往往只能完成很少的一部分，致使大多数计划不断地往后推延。所以，我不好意思透露了，完成了一个说一个吧。

生命树上的果子

按照《圣经》的传说，人类一开始是住在伊甸园里的。那时候，人无忧无虑地生活着，不知什么叫苦恼，所以伊甸园又名乐园。伊甸园是一所美丽的大花园，里面栽了许多树。其中，有两棵很特别的树，一棵叫智慧树，一棵叫生命树。上帝禁止人类的祖先亚当和夏娃吃智慧树上的果子，可是，据说在一条蛇的诱惑下，他们终于偷吃了那智慧果。上帝怕他们再偷吃生命树上的果子，便把他们赶出了伊甸园。

我们不妨把这则传说当作寓言来读。神与人的区别，无非一是无所不知的智慧，二是长生不老的生命。吃了智慧果，人已经分有了神的智慧，不说无所不知，至少也比一般动物高明得多，懂得了思考。一旦再偷吃生命果，与神一样长生不死，就和神没有什么区别了。所以，上帝当然不肯让人得到生命果。与别的动物相比，人一方面有智慧，足以知生死，天下唯有人这种动物在活着时能预知自己的死亡，另一方面又和别的一切动物一样必死无疑。人就好像已经脱离了兽界的蒙昧，却又不能达到神界的不朽，这种尴尬的位置给人带来了无穷的苦恼。

几乎每一个人在童年和少年时期都会有那样一个时候，他的自我意识逐渐觉醒，突然有一天，他确凿无疑地明白了自己迟早也会和所有人一样地死去。这是一种极其痛苦的内心体验，如同发生了一场地震一样，人生的快乐和信心因而动摇甚至崩溃了。想到自己在这世界上的存在只是暂时的，总有一天会化为乌有，一个人就可能对生命的意义发生根本的怀疑。不过，随着年龄的增长，多数人似乎渐渐麻木了，实际上是在有意无意地回避。我常常发现，当孩子问到有关死的问题时，他们的家长便往往惊慌地阻止，叫他们不要瞎想。其实，这哪里是瞎想呢？死是人生第一个大问题，无人能回避得了。我相信，那些从小就敢于正视和思考这个问题的人，在长大之后对人生往往能持比较深刻的理解和正确的态度。

自从亚当和夏娃被逐出伊甸园后，他们的子孙一直在寻找那棵上帝禁止人类靠近的生命树。战胜死亡，赢得不朽，是人类一贯的梦想。既然肉体的死亡不可避免，人们就试图获得某种精神上的不死。把肉体的易朽变成一种动力，驱策自己去追求某种永恒的精神价值，这无疑是积极的人生态度。不管这种精神价值是否真能达于永恒，对它的追求本身就可以使人更加容易与死亡达成和解，同时也赋予生命以超出有限的肉体存在的意义。

应该相信，在人类精神的伊甸园里，必有一棵生命树，树上必有一颗属于你的果子。去寻找这颗属于你的果子，这是你毕生的使命。只要你忠于这使命，你一定觉得，即使死亡不可避免，你的生命也没有虚度。

不做梦的人必定平庸

1

一个有梦想的人和一个没有梦想的人，他们是生活在完全不同的世界里的。如果你和那种没有梦想的人一起旅行，你一定会觉得乏味透顶。有时我不禁想，与只知做梦的人比，从来不做梦的人是更像白痴的。

2

两种人爱做梦：太有能者和太无能者。他们都与现实不合，前者超出，后者不及。但两者的界限是不易分清的，在成功之前，前者常常被误认为后者。

可以确定的是，不做梦的人必定平庸。

3

在某种意义上，美、艺术都是梦。但是，梦并不虚幻，它对人心的作用和它在人生中的价值完全是真实的。不妨设想一下，倘若彻底排除掉梦、想象、幻觉的因素，世界不再有色彩和音响，人心不再有憧憬和战栗，生命还有什么意义？在人生画面上，梦幻也是真实的一笔。

梦是虚幻的，但虚幻的梦所发生的作用却是完全真实的。美、艺术、爱情、自由、理想、真理，都是人生的大梦。如果没有这一切梦，人生会是一个什么样子啊！

4

两种人爱做梦：弱者和智者。弱者梦想现实中有但他无力得到的东西，他以之抚慰生存的失败；智者梦想现实中没有也不可能有的东西，他以之解说生存的意义。

5

人们做的事往往相似，做的梦却千差万别，也许在梦中藏着每一个人的更独特也更丰富的自我。

6

我喜欢奥尼尔的剧本《天边外》。它使你感到，一方面，幻想毫无价值，美毫无价值，一个幻想家总是实际生活的失败者，一个美的追求者总是处处碰壁的倒霉鬼；另一方面，对天边外的秘密的幻想，对美的憧憬，仍然是人生的最高价值。那种在实际生活中即使一败涂地还始终如一地保持幻想和憧憬的人，才是真正的幸运儿。

7

梦想常常是创造的动力。梵·高这样解释他的创作冲动："我一看到空白的画布呆望着我，就迫不及待地要把内容投掷上去。"在每一个创造者眼中，生活本身也是这样一张空白的画布，等待着他去赋予内容。相反，谁眼中的世界如果是一座琳琅满目的陈列馆，摆满了现成的画作，这个人肯定不会再有创造的冲动，他至多只能做一个鉴赏家。

8

在这个时代，能够沉醉于自己的心灵空间的人是越来越少了。那么，好梦联翩就是福，何必成真。

9

在一定意义上，艺术家是一种梦与事不分的人，做事仍然在做梦，所以做出了独一无二的事。

10

人生如梦，爱情是梦中之梦。诸色皆空，色欲乃空中之空。可是，若无爱梦萦绕，人生岂不更是赤裸裸的空无；离了暮雨朝云，巫山纵然万古长存，也只是一堆死石头罢了。

在梦中，昨日的云雨更美。只因襄王一梦，巫山云雨才成为世世代代的美丽传说。

哲学与精神生活

1.“无用”之学

在一般人眼中，哲学是一种玄奥而无用的东西。这个印象大致是不错的。事实上，哲学的确是一切学科中最没有实用价值的一门学科。因此，在当今这个最讲求实用价值的时代，哲学之受到冷落也就是当然的事情了。

早在哲学发源的古希腊，哲学家就已经因其所治之学的无用而受人嘲笑了。柏拉图在《泰阿泰德》中讲了泰勒斯坠井而被女仆嘲笑的著名故事，那女仆讥笑泰勒斯如此迫切欲知天上情形，乃至不能见足旁之物。柏拉图接着发挥说：“此等嘲笑可加于所有哲学家。”因为哲学家研究世界的本质，却不懂世上的实际事务，在法庭或任何公众场所便显得笨拙，成为笑柄；哲学家研究人性，却几乎不知邻居者是人是兽，受人诟骂也不能举对方的私事反唇相讥，因其不知任何人的劣迹。柏拉图特地说明：他们并不知道自己对实际事务这般无知，而绝不是有意立异以邀誉。

在我看来，柏拉图孜孜以求哲学的大用，一心把哲学和政治直接结合起来，恰好也暴露了他对实际事物的无知。他本该明白，哲学之没有实用价值，不但在日常生活中如此，在政治生活中也如此。哲学关心的是世界和人生的根本道理，政治关心的是党派、阶级、民族、国家的利益，两者属于不同的层次。我们既不能用哲学的思考来取代政治谋划，也不能用政治方式来解决哲学问题。柏拉图试图赋予哲学家以最高权力，借此为哲学的生长创造一个最佳环境，这只能是乌托邦。康德后来正确地指出：权力的享有不可避免地会腐蚀理性批判，哲学对于政治的最好期望不是享有权力，而是享有言论自由。

那么，哲学与生活竟然毫无关系吗？哲学对于生活有没有一点用处呢？我的回答是：哲学本身就是生活，是一种生活方式。

2. 哲学是一种生活方式

在古希腊，当哲学发源之初，哲学是一种生活方式，这乃是不言而喻的事实。从词源看，“哲学”（Philosophia）一词的希腊文原意是“爱智慧”。“爱智慧”显然是一种生活方式，一种人生态度，而非一门学科。

对于最早的哲学家来说，哲学不是学术，更不是职业，而就是做人处世的基本方式和状态。用尼采的话说，包括赫拉克利特、阿那克萨哥拉、恩培多克勒在内的前苏格拉底哲学家是一些“帝王气派的精神隐士”，他们过着远离世俗的隐居生活，不收学生，也不过问政治。苏格拉底虽然招收学生，他的传授方式仅是街谈巷议，没有学校的组织形式，他的学生各有自己的职业，并不是要向他学习一门借以谋职的专业知识，师生间的探究哲理本身就是目的所在，就构成了一种生活。柏拉图和亚里士多德开始建

立学校，但不收费，教学的方式也仍是散步和谈话。唯一例外的是那些被称作“智者”的人，他们四处游走，靠教授智术亦即辩论术为生，收取学费，却也因此遭到了苏格拉底们的鄙视。正是为了同他们相区别，有洁癖的哲学家宁愿自称为“爱智者”而非“智者”。

肯定不是任何人都能够把哲学当作自己的生活方式的。为了配得上过哲学的生活，一个人必须——如柏拉图所说“具备真正的哲学灵魂”。具备此种灵魂的征兆，或者说哲学生活的特点，就在于关注思想本身而非其实用性。能够从思想本身获取最大的快乐。明智是善于从整体上权衡利弊，智慧则涉及对本性上最高的事物的认识，两者的区别就在于有无实用性；非实用形式哲学优于其他一切学术之所在，使哲学称为“唯一的自由学术”“为学术自身而成立的唯一学术”；幸福生活的实质在于自足，与别种活动例如社会性的活动相比，哲学的思辨活动是最为自足的活动，因而是完美的幸福。如此来说，哲学生活首先是一种沉思的生活，而所思问题的非实用性恰好保证了这种生活的自得其乐。

3. 精神生活的维度

人在世上生活，必须维持肉体的生存，也必须与他人交往，于是有肉身生活和社会生活。肉身生活和社会生活所满足的是人的外在的功利性需要。在此之外，人还有内在的精神性需要，其实质是对生命意义的寻求。这种需要未得到满足，人就会觉得自己是一个盲目的存在，并以此而感到不安。精神生活也是人生活的不可缺少的维度。

肉身生活和社会生活都具有经验性质，仅涉及我们与周围直接环境的联系。精神生活则把我们超拔于经验世界的有限性和暂时性，此时我们力求在一己的生命与某种永恒存在的精神性的世界整体之间建立一种联系。由于这种世界整体超越于经验，我们无法证明它，但我们必须有这一假定。

真正的精神生活必具有超验性质，他总是指向一个超验领域的。凡灵魂之思，必有这样一种指向为其底蕴。所谓寻求生命的意义，亦即寻求建立这种联系。一个人如果相信自己已经建立了这种联系，便是拥有了一种信仰。因此，寻求意义即寻求信仰。

人类精神活动的一切领域，包括宗教、哲学、道德、艺术、科学，只要它们确实是一种精神性的活动，就都是以建立上述联系为其公开的或隐蔽的，区别只在于方式不同。其中道德若仅仅服务于社会秩序，便只具有社会活动的品格，若是以追求至善为目的，则可视作较弱的宗教。科学若仅仅服务于技术进程，便只具有物质活动的品格，若是以认识世界为目的，则可视为较弱的哲学。

于是我们可以把精神活动归结为三种基本的方式。一是宗教，依靠单纯的信仰亦即天启的权威来建立与世界整体的联系。一是哲学，试图通过理性的思考来建立这种联系。一是艺术，试图通过某种主观的体验来建立这种联系。他们殊途而同归，体现了同一种永恒的追求。

4. 在宗教和科学之间

哲学生活是一种沉思的生活，但沉思未必都是哲学性的。一个人可以沉思数学或物理学的问题而不问其使用价值。沉思之成为哲学性的，取决于所思问题的性质和求解的方法。

柏拉图和亚里士多德都曾指出，哲学开始于惊疑，即惊奇和疑惑之感。我们或许可以相对地说，面对自然易生惊奇之感，由此而求认知，追问世界的本质，形成哲学研究中的世界观、本体论、形而上学（在这里是同义词）这一个大领域。面对人生易生疑惑之感，由此而求觉悟，追问生命的意义，形成哲学研究中的人生观、生存论、伦理学（在这里也是同义词）这另一个大领域。康德说，世上最使人敬畏的两样东西是头上的星空和心中的道德律。哲学所思的问题无非这两大类，分别指向我们头上的神秘和我们心中的神秘。

哲学的追问的确是指向神秘的，无论对世界，还是对人生，哲学都欲追根究底，从整体上把握其底蕴。这就是所谓终极关切。在这一点上，哲学与宗教相似。然而，哲学却不肯像宗教那样诉诸天启权威，对终极问题给出一个独断的答案，满足于不容置疑的信仰。在这一点上，哲学又和科学一样，只信任理性，要求对问题作出理由充足的解答。也就是说，哲学的追问是宗教性的，他寻求解决的方法却是科学性的。灵魂在提问，而让头脑来解答。疯子问，呆子答。这是哲学本身所包含的矛盾和困难。关于这种困难，康德最早作了明确的揭示：由头脑（他所说的知性）来解答灵魂（他所说的理性）所追问的问题，必定会陷入二律悖反论，两种对立因素的品格使之成为比科学和宗教更加伟大的东西。我们确实可以说，哲学的努力是悲壮的。

5. 哲学不可能成为科学

哲学开始于对世界本质的追问。在它诞生之初，它就试图寻找变化背后之不变、多背后之一、现象背后之本质。这一追问默认了一个前提，即是感觉不可靠，只能感知现象，唯有理性才能认识现象界背后那个统一的、

不变的本体界。

这个思路存在着若干疑点：

第一，感觉是我们感知外界的唯一手段，既然感觉只感知到现象，我们凭什么说在现象背后还存在着一种本质？至少凭感觉不能证明这一点。

第二，假定变动不居的现象背后有一不变的本质，这只能是理性之所为，是理性追求秩序的产物。但是，理性同样不能证明它所追求的秩序是世界本身所固有的。那么，这种秩序从何而来？有两种可能的回答。一是从感觉经验中归纳而得，因而并不具有普遍性和必然性。二是理性本身所固有的，是意识的先天结构。在这两种情形下，秩序都仍然属于现象范围，而与世界本来面目无关。

那么，第三，世界究竟有没有一个本来面目？在现象背后，究竟有没有一个不受我们的认识干扰的本体界？在康德之后，哲学家们已经越来越达成共识：不存在。世界只有一种存在方式，即作为显现在意识中的东西——现象。我们也许可以设想上帝能够直观到世界的本体，但是，胡塞尔正确地指出，任何对象一旦进入认识就只能是现象，这一点对于上帝也不例外。

哲学从追问世界的本体开始，经过两千多年的探索，结果却是发现世界根本就没有一个本体，这不能不说是哲学的惨败。但是，这只是哲学的某一种思路的失败，它说明哲学不可能成为科学，我们不可能靠理性手段去把握或构造哲学原本想要追问的那个个体，而必须另辟蹊径。

6. 沉默和诗的领域

倘若一个古希腊哲学家来到现代，他一定会大惑不解，因为他将看到，现代的哲学家们都在大谈语言问题，而对世界本身却毫无兴趣。据说哲学家们终于发现，两千年来哲学之所以误入歧途，原因全在受了语言的误导。于是，他们纷纷把注意力转向语言，这种转向还被誉为哲学上的又一次哥白尼式革命。其间又有重大的区别。一派哲学家认为，弊在逻辑

化的语言，是语言的逻辑结构诱使人们去寻找一种不变的世界本质。因此，哲学的任务是解构语言，把语言从逻辑的支配下解放出来。另一派哲学家则认为，弊在语言在逻辑上的不严密，是语言中那些不合逻辑的成分诱使人们对一个所谓本体世界想入非非，造成了形而上学假命题。因此，哲学的任务是进行语言诊断，剔除其不逻辑的成分，最好是能建立一种严密的逻辑语言。不管这两派的观点如何对立，拒斥本体论的立场却是一致的。

可是，没有了那种追问世界之究竟的冲动，哲学还是哲学吗？因为理性不能把握神秘，我们就不再思考神秘了吗？难道哲学从此要对头上的星空和心中的道德律无动于衷，仅仅满足于做逻辑的破坏者或卫士？

有两位哲学家分别代表上述两个对立的派别，然而，与其大多数追随者不同，他们心中仍然蕴藏着那种追思神秘的冲动。他们不愧是现代最伟大的两位哲学家。

作为逻辑经验主义的开创人之一，维

特根斯坦也主张只有经验对象是可思考的，哲学只研究可思考的东西，其任务是通过语言批判使思想在逻辑上明晰。但是，他懂得的确存在着超验的领域，例如那种“从永恒观点来直观世界”的本体论式的体验，只是因为它们不属于经验范围，因而是不可思考的，而不可思考的东西也就是不可说的。“一个人对于不能谈的事情就应当沉默。”这是种神秘的东西，甚至是最深刻的东西，却无法作为问题来讨论。针对此他写道：“真正说来哲学的方法如此：除了能说的东西以外，不说什么事情，也就是除了自然科学的命题，即与哲学没有什么关系的东西之外，不说什么事情……”真正的哲学性体验只能封闭在沉默的内心世界，作为一门学术的哲学只能谈论与真正哲学性体验无关的东西，这是多么无奈。

海德格尔却试图冲破这无奈的沉默。在他看来，他名之为“存在”的那个超验的领域，乃是作为意义之源泉的神秘领域，的确不是理性思维所能达到的。但是，他相信这个领域“总是处在来到语言的途中”，是可以在语言中向人显现的。不过，这不是沦为传达工具的逻辑化语言，而是未被逻辑败坏的诗的语言。在诗的语言中，存在自己向人说话。于是，海德格尔聚精会神与他所钟爱的荷尔德林、里尔克等诗人，从他们的诗中倾听存在的话语。

当然，沉默和诗都不是哲学。可是，我们应该相信，在维特根斯坦的沉默中，在海德格尔的诗思中，古老的哲学追问在百折不挠地寻找栖身之地。

7. 哲学与现代人的精神生活

广义的宗教精神和广义的哲学精神是相通的，两者皆是超验的追思。在狭义上，他们便有了区分，宗教在一个确定的信仰中找到了归宿，哲学却始终走在寻找信仰的途中。一个渴慕大全的朝圣者，如果他疲惫了，不再能够依靠自己的力量走下去了，他就会皈依某种现成的宗教。如果他仍然精力充沛，或者虽然疲惫了，却不

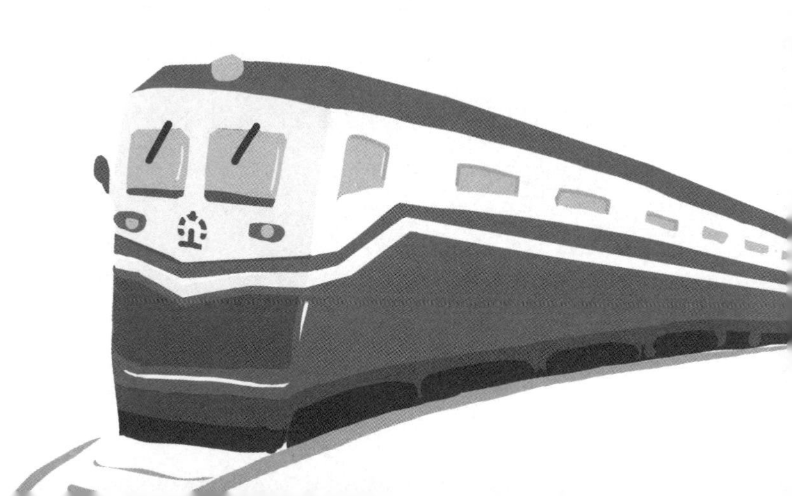

甘心停下，他就会继续跋涉在哲学的路上。

现代的显著特点是宗教信仰的普遍失落。针对这一情况，雅斯贝尔斯指出，对于已经不相信宗教但仍然需要信仰的现代人来说，哲学是唯一的避难所，其意义在于鼓励人们寻找非宗教的信仰。我本人也倾向于认为，哲学一方面寻求信仰，另一方面又具有探索性质，它的这个特点也许能够使之成为处于困惑中的现代人的最合适的精神生活方式。哲学至少有以下好处：

第一，哲学使我们在没有确定信仰的情况下仍能过一种有信仰的生活。哲学完全不能保证我们找到一个确定的信仰，它以往的历史甚至业已昭示，它的矛盾的本性决定了它不可能提供这种信仰。然而，它的弱点同时也是它的长处，寻找信仰而又不在某一个确定的信仰上停下来，正是哲学优于宗教之所在。哲学使我们保持对某种最高精神价值的向往，我们不能确知这种价值是什么，我们甚至不能证实它是否确实存在，可是，由于我们为自己保留了这种可能性，我们的整个生存便会呈现不同的面貌。

第二，哲学使我们在信仰问题上持一种宽容的态度。价值多元是现代的一个事实，想用某一种学说（例如儒学）统一人们的思想，重建大一统的信仰，是行不通的，也是不应该的。哲学反对任何人以现代救世主自居，而只是鼓励每一个人自救，自己寻求自己的信仰。

第三，哲学的沉思给了我们一种开阔的眼光，使我们不致沉沦于劳作和消费的现代旋涡，仍然保持住心灵生活的水准。

人的高贵在于灵魂

法国思想家帕斯卡尔有一句名言："人是一支有思想的芦苇。"他的意思是说，人的生命像芦苇一样脆弱，宇宙间任何东西都能置人于死地。可是，即使如此，人依然比宇宙间任何东西高贵得多，因为人有一颗能思想的灵魂。我们当然不能也不该否认肉身生活的必要，但是，人的高贵却在于他有灵魂生活。作为肉身的人，人并无高低贵贱之分。唯有作为灵魂的人，由于内心世界的巨大差异，人才分出了高贵和平庸，乃至高贵和卑鄙。

两千多年前，罗马军队攻进了希腊的一座城市，他们发现一个老人正蹲在沙地上专心研究一个图形。他就是古代最著名的物理学家阿基米德。

他很快便死在了罗马军人的剑下，当剑朝他劈来时，他只说了一句话：“不要踩坏我的圆！”在他看来，他画在地上的那个图形是比他的生命更加宝贵的。更早的时候，征服了欧亚大陆的亚历山大大帝视察希腊的另一座城市，遇到正躺在地上晒太阳的哲学家第欧根尼，便问他：“我能替你做些什么？”得到的回答是：“不要挡住我的阳光！”在他看来，面对他在阳光下的沉思，亚历山大大帝的赫赫战功显得无足轻重。这两则传为千古美谈的小故事表明了古希腊优秀人物对于灵魂生活的珍爱，他们爱思想胜于爱一切，包括自己的生命，把灵魂生活看得比任何外在的事物包括显赫的权势更加高贵。

珍惜内在的精神财富甚于外在的物质财富，这是古往今来一切贤哲的共同特点。英国作家王尔德到美国旅

行，入境时，海关官员问他有什么东西要报关，他回答：“除了我的才华，什么也没有。”使他引以为豪的是，他没有什么值钱的东西，但他拥有不能用钱来估量的艺术才华。正是这位骄傲的作家，在他的一部作品中告诉我们：“世间再没有比人的灵魂更宝贵的东西，任何东西都不能跟它相比。”

其实，无须举这些名人的事例，我们不妨稍微留心观察周围的现象。我常常发现，在平庸的背景下，哪怕是一点不起眼的灵魂生活的迹象，也会闪放出一种很动人的光彩。

有一回，我乘车旅行。列车飞驰，车厢里闹哄哄的，旅客们在聊天、打牌、吃零食。一个少女躲在车厢的一角，全神贯注地读着一本书。她读得那么专心，还不时地往随身携带的一个小本子上记些什么，好像完全没有听见周围嘈杂的人声。望着她仿佛沐浴在一片光辉中的安静的侧影，我心中充满感动，想起了自己的少年时代。那时候我也和她一样，不管置身于多么混乱的环境，只要拿起一本好书，就会忘记一切。如今我自己已经是一个作家，出过好几本书了，可是我却羡慕这个埋头读书

朋友

在这世界上有若干个人，
不见面时会互相惦记，
见了面能感觉到一种默契，
在一起度过一段愉快的时光，
他们便是我心目中的朋友了。

的少女，无限缅怀已经渐渐远逝的有着同样纯正追求的我的青春岁月。

每当北京举办世界名画展览时，便有许多默默无闻的青年画家节衣缩食，自筹旅费，从全国各地风尘仆仆来到首都，在名画前流连忘返。我站在展厅里，望着这一张张热忱仰望的年轻的面孔，心中也会充满感动。我对自己说：有着纯正追求的青春岁月的确是人生最美好的岁月。

若干年过去了，我还会常常不由自主地想起列车上的那个少女和展厅里的那些青年，揣摩他们现在不知怎样了。据我观察，人在年轻时多半是富于理想的，随着年龄增长就容易变得越来越实际。由于生存斗争的压力和物质利益的诱惑，大家都把眼光和精力投向外部世界，不再关注自己的内心世界，其结果是灵魂日益萎缩和空虚，只剩

下了一个在世界上忙碌不止的躯体。对于一个人来说，没有比这更可悲的事情了。我暗暗祝愿他们仍然保持着纯正的追求，没有走上这条可悲的路。

（京）新登字 083 号

图书在版编目(CIP)数据

困惑是我的诚实，寻找是我的勇敢：写给男孩子 / 周国平著 .—北京：
中国青年出版社，2017.4

ISBN 978-7-5153-4716-5

I. ①困… II. ①周… III. ①散文集 - 中国 - 当代 IV. ① I267

中国版本图书馆 CIP 数据核字（2017）第 080892 号

困惑是我的诚实，寻找是我的勇敢：写给男孩子

周国平 著

责任编辑：李　凌　段　琼
内文插图：袁小真
装帧设计：今亮后声 HOPESOUND pankouyugu@163.com
出版发行：中国青年出版社
社　　址：北京东四十二条 21 号
网　　址：www.cyp.com.cn
编辑中心：010-57350520
营销中心：010-57350370
印　　装：鸿博昊天科技有限公司
经　　销：新华书店
规　　格：880 mm × 1230 mm　1/32
印　　张：8.5
字　　数：120 千
版　　次：2017 年 6 月北京第 1 版
印　　次：2017 年 6 月北京第 1 次印刷
定　　价：38.00 元